■ 雪漫青春经典之【纯真友情篇】

饶雪漫 作品
SHARON WORKS

双鱼记

STORIES OF THE DOUBLE FISH

同一片水域里永不分离的双鱼

万卷出版公司

© 饶雪漫　2009

图书在版编目（CIP）数据

双鱼记/饶雪漫著. —沈阳：万卷出版公司，2009.2
（饶雪漫文集）
ISBN 978-7-80759-694-3

Ⅰ.双… Ⅱ.饶… Ⅲ.中篇小说—作品集—中国—当代　Ⅳ.
I247.5

中国版本图书馆CIP数据核字（2009）第022739号

出版发行：万卷出版公司
　　　　　（地址：沈阳市和平区十一纬路29号　邮编：110003）
印　刷　者：北京汇林印务有限公司
经　销　者：全国新华书店
幅面尺寸：145mm×210mm
字　　数：143千
印　　张：7.25
出版时间：2009年2月第1版
印刷时间：2009年2月第1次印刷
责任编辑：张冬梅
特约编辑：雷　同　方悄悄　丁　丁　舒　舒　楼淑敏
装帧设计：王玉文　郑卫卫　向　梦　李亦凡.
ISBN 978-7-80759-694-3
定　　价：22.00元

联系电话：024-23284442
邮购热线：024-23284454
传　　真：024-23284448
E-mail：vpc@mail.lnpgc.com.cn
网　　址：http://www.chinavpc.com

我还有可以尖叫的权利（代自序）

又要写序了，熟悉我的人都知道，这对我是一件超痛苦的事。我曾自我解嘲，说谁谁谁的书比我卖得好，是人家会写"散文"的缘故。不过我是真的散不起来，我脑子里的形容词少得可怜，游离于故事之外，将自己的前生后世吃喝拉撒絮絮叨叨一百遍，实在不是我的作风，也非我所擅长。

我所擅长的事，和《左耳》中的黎吧啦一样，在于遗忘。关于我，其实有一个天大的小秘密，那就是——我的记性一直很坏。

我会忘掉很多的事情，从前的，现在的，甚至刚刚发生的。每一次出门，我都会忘掉带东西，比如手机充电器、数码相机、存储卡，或者是我的手套以及一双发誓不可以忘记带的鞋子。我忘掉很多的人，他们或许前两天还在跟我发短消息，但是当我们再见面的时候，我会一脸茫然且万分抱歉地问道："请问您……"我总是想不起他或她的名字，或者记不起他或她的模样，要不就干脆忘掉我们为什么会认识，有过什么样的交集。

没有人的时候，我会悄悄地想："这会不会是一个很大的毛病，需要医治？"

但是我一直没有空去医治，我的记性开始越来越坏，坏到我自己看我自己刚刚写完的小说的时候会问自己："这些字，为什么会是这个样子的呢？"

真的有些糟糕，你说是不是？

不过还好，我是个天生乐观的人。我总是乐呵呵地好脾气地去买第N个充电器，N张存储卡，新的手套和无数双穿了一次就再也穿不上的鞋。我总是一次次试图去记住那些和我擦肩而过的人,在忽然灵光一闪想起他们的名字的时候哈哈大笑起来。

所以,千万不要问我为什么写了这么多字,这些字到底从何而来,因为结果可想而知,问了也是白问的呀。

所以,关于我自己的很多事情,其实,我都是听来的。

我早已经想不起五岁那一年,当我还是个小孩子的时候,我坐在院子里的树阴下练习写我的名字,我安安静静地很乖很乖地写着那些复杂的笔画,我的爸爸从树后面走出来,给我变桔子吃,他那时候年轻英俊,很多人说他长得像"高仓健"。而我是他最宠爱的女儿,除了变桔子,他还给我买过一件绿色的灯芯绒大衣,据说那件大衣花掉了他半个月的工资。我真想知道,我穿着它笑眯眯地靠在墙边站着的时候,会是什么样子。

我也已经想不起小学四年级的时候,我曾经在妈妈的指导下写过一篇叫《跳绳比赛》的作文,我在那篇作文的最后引用了一句诗:"宝剑锋从磨砺出,梅花香自苦寒来"。这篇作文得了某次作文比赛的一等奖,被贴在学校的布告栏里。我很想知道那时候的我知不知道世界上有"作家"这个词,是不是从那时候就开始做我的"作家梦"。没有人可以告诉我,他们只记得我是个馋嘴的小姑娘,曾经偷过妈妈的五块钱去买泡泡糖吃,夜里九点在食堂排队等着妈妈学校分馒头。

我当然也想不起念初一的那一年,我从镇上来到市里的中学读书,我们的班主任姓刘,她总是在课堂上声情并茂地朗读我的作文,每堂作文课是我最风光的时候。因为作文写得好,我还参加了学校的演讲比赛,我在那些比赛中总是能拿到一等奖,他们说我的声音很甜美,故事编得很感人。不过我还是那个馋嘴的小姑娘,盼望口袋里有钱,可以在放学后或游泳完吃一碗酸辣凉粉，放很多的辣椒，辣到嘴唇红肿倒吸凉气才算过瘾。

我想不起我是从哪一天起忽然喜欢起写诗，长长短短的句子，我写满了很多很多的本子。想不起那些诗里的任何一句，想不起我是如何抱着它忐忑不安地成长或者暗自悲伤。想不起我又是从哪一天开始写小说，我写很多很多的故事，用笔写，很厚的一本又一本的稿子，它们流传到各个学校，再传回我手里的时候，后面跟了好多好多的留言，用各式各样的笔写下。我想不起他们是怎么夸我或是怎么骂我，想不起我走在校园里的时候，会有人忽然停下脚步来，指着我说："看，那个就是妄想当琼瑶的饶雪漫呢。"

我想不起我第一次发表文章，是哭了还是笑了。

想不起我第一次收到读者的来信，是天晴还是下雨。

想不起我第一次暗恋的男生，他到底有没有喜欢过我。

想不起我疯狂写字的那些岁月，抬起头来，看到的是一片什么形状的云。

想不起第一本书出版，到底是在哪一年。

想不起我拿过哪些奖，吃过什么苦，做过哪些梦……

你瞧，我真的是忘记了很多很多的事，很多很多的人。我在这样大的一个毛病里迷失方向却乐此不疲。当然，我也是有我的小小狡猾的，我愿意相信每一天都是一个新的人生，我可以从头开始，永远是那个穿着绿色灯芯绒大衣的幸福而懵懂的长不大的孩子。

只是，我亲爱的朋友，如果我真的忘记了你，真的真的很对不起。不过在我敲下的字里，一定有你来过的痕迹，这一次我把它们都集合在一起，就像对自己的一次总结和回顾，我整合我的文字，像整合我们曾经的过去，我捡拾曾被我遗落的片断，在前行的路上感恩地驻足。这一次，我请很多的陌生人，来见证我们的故事，我们一起走过的日子，一起爱过恨过的青春岁月，感觉应该可以不错的吧。

时光总是走得很快，一天一天，一年一年，每一年快要过去的时候，心里会有不舍。一年中，我最喜欢的是十二月。今年的十二月二十一号，我飞到成都去看齐秦的演唱会，从十七岁的第一场演唱会至今，我已经数不清这是多少次去看他的演唱会了。还记得两年前在上海，齐秦问：听我的歌有超过十年的吗？我们大声答：有。有超过十五年的吗？有。有超过二十年的吗？有！齐秦得意地说："那你们都老了。"然后，哈哈笑。

是的，我老了。于是我也会狡猾地忘掉我的生日也在十二月。今年收到的最特别的生日礼物，是一些读者为我录下的祝福，听着听着，就有些没出息地想哭了哦。是的，就算我无法挽住岁月的流逝，但我还有爱的勇气，有为了偶像尖叫的权利，还有容易感动的柔软的心，能为一切爱和美好的事物落泪。

这一切，只因为我和我的十七岁，住在我的文字里，永远不会老去。挺让人羡慕的吧，哈哈。

一套三十多本的书，是一项浩大的工程，在这里，要谢谢所有为此书辛苦的工作人员，谢谢所有的书模。谢谢我的读者。

新年快乐，我爱你们。

饶雪漫
2007年12月于江苏镇江

双鱼记 009
黄丝带 131
没什么大不了 159
未完的小说 171
我和我的双鱼[附　录] 191

Contents 目录

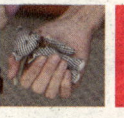

今天发生的事
如果没有告诉你
就好像功课没有做完
我们常摊在桌子前面胡说八道
昨天　今天　和梦想的未来
下午到百货公司去吹冷气吧
含一根棒棒糖用自己的方式走路
这样的年轻和放肆也许将来不再有
所以让我珍惜你　我最好的朋友

我喜欢Mickey老鼠

你热爱Kitty猫

那时候你说

我们要保留聪明的力气面对世界的纷乱

只有你和我知道

任意像孩子般的愚蠢行为

是为了储存能量

冷不冷　我的双手给你加温
生活没有课本
幸福也不再满分
可能我们都好笨
于是比别人认真
所以亲爱的你要相信
只要转身我们就把阴影踩在脚跟

没有昂贵的东西能天天给你

只能交换生活的点点滴滴

还好你也是简单的脑筋

翻遍口袋只能掏出真心

交换一本日记让我们的生活没有秘密

双鱼和双鱼之间是永远的透明

如果有一天我们要分离
记得每天给我写一封信
就算我们会变老或者变成可怕的女强人
也要记得今天的约定
如果你遇到倒霉的事情
一定要第一时间告诉我
虽然我也会偶尔幸灾乐祸
但你想哭的时候我总会把肩膀借给你

唐池是我最好的好朋友

她有一颗很可爱的小虎牙

我记得她穿白色的衬衫

裤脚带大花的喇叭裤

背着手在台上唱《哆来咪》

她的声音很干净很纯粹　手势天真而不造作

少女得一塌糊涂　简直招人嫉妒

晚安，唐池

【晚安，唐池】

现在想起来，小学五年级真是我一生中最辉煌的时候。那一年，我很意外地考了一个"双百"分。学校有外国友人来访，我用流利的英文与他们对话，还上了我们当地的新闻。

我在那时的日记中写道："努力吧，夏奈，光明就在正前方！！！！！！！"

感叹号差不多占了半页纸。

一切时过境迁，如今的我，是一个很平庸的初中生。看着当年的日记，我会笑得咯咯咯喘不过气，绝不相信这种无聊可笑的文字竟会出自于我的手笔。我将日记本撕得稀烂，算是对过去光辉岁月的彻底告别和绝不留恋。

如今的我已经念初三了，我敢说，再也没有比这个年级更糟的年级。

我的成绩差强人意，唯一有点信心的科目是英语，英语一直是我的强项。我还给自己起了一个英文名叫KIKO，我喜欢这个名字，因为它读起来响亮而短促，一点也不拖泥带水。

在最近热播的香港电视连续剧《流金岁月》里有一个女的也叫这个名字，不过我不太喜欢那个女的，因为她居然喜欢上了我最不喜欢的一个男的并且还为他怀了孩子。

我喜欢的是该剧的男主角罗嘉良,他看上去温和极了,在剧中是一个把什么事都往自己身上大包大揽的大好人,看到他受委屈,我会在心里默默地流眼泪。

我只能用"默默地"这个词,因为我是和爸爸妈妈一起看的。如果遇到有那种亲热的镜头,我就得表现出一副更无动于衷的表情,把脸紧紧地绷起来,仿佛自己一丁点儿也不解风情。不过妈妈一向先知先觉,在那种镜头快要出现的前十秒适时地提醒我:"阿奈,你是不是该去温习功课了?"

"哦。"我很乖巧地说,然后一点儿也不犹豫地站起身来往我的房间里走去。

关了房门我就开始跟唐池通电话,唐池是我最好的好朋友,她有一颗很可爱的小虎牙。其实我们在小学的时候就是同学,只是不在一个班而已。我总觉得唐池那个时候比现在要漂亮得多,我一直记得外国友人来的那天,她穿白色的衬衫,裤脚带大花的喇叭裤,背着手在台上唱《哆来咪》,她的声音很干净很纯粹,手势天真而不造作,少女得一塌糊涂,简直招人嫉妒。

上了初中后我意外地跟她成了同桌,在陌生的校园里看到是她的那刻我有些许的惊喜,然后我说:"唐池啊,如雷贯耳。我喜欢你的名字,倒过来就是——吃糖。"

她迅速地回敬我:"你的大名我也如雷贯耳啊,夏奈,夏奈……"她想了半天后说:"倒过来讲就是母鸡快下蛋了可是

【晚安，唐池】

'赖'着不'下'！"

　　唐池就是这样一个人，只要不认输，再别扭的话再离谱的话她都讲得出来。

　　电话打过去的时候，她正在被一张数学试卷折磨得头昏脑胀，在那边有气无力地讽刺我说："落伍，落伍，这年头还看港片，罗嘉良年纪跟你爸爸差不多呃。"

　　"难道韩片就好看吗？我告诉你，那些美女全是整过容的，一个也不可靠！"

　　"呵呵呵呵，"唐池说，"我只看帅哥，比如安七炫。对了，黄豆豆比你还要落伍，他居然不知道安七炫。"

　　黄豆豆是我们学校的美术老师，这年头美术课可有可无，可是黄豆豆不太一样，他是我们的校友，听说他的画在国际上也得过大奖，可是他哪儿也不去，情愿留在我们学校教书。黄豆豆并不人如其名，他很高大也很帅气，经历好像带有一些传奇色彩，比如他有三次出国的机会可是他都没有出去；比如他是因为失恋才心甘情愿做一名中学教师的；再比如他以前的女朋友现在是一名相当有名气的女明星，他们青梅竹马可最后黄豆豆惨遭淘汰……

　　我曾经在唐池的力邀下和另外几个女生在她家一起看过一部黄豆豆"前任"女友主演的电影，那是一部爱情片，剧情很一般，因为是盗版，影像还有些模糊。那是个大眼睛的女孩子，看上去还算不错，不过她在戏里动不动就尖叫，真是让人受不了。

更受不了的是唐池居然说:"夏奈,你跟她长得挺像,气质简直一模一样。"

我可不想象谁,我就是我,平庸普通都没有关系,最重要的是我就是我,独一无二的夏奈。

唐池把脸别过去,当着众人的面骂我臭有性格。

我不置可否地笑。

如果我没有判断错误的话,唐池对黄豆豆有着一种非同一般的情感,尽管她在我面前总是百般掩饰死活不认,但我相信我的直觉,不然,谁会愿意在初三这么紧张的时候依然天天往黄豆豆的画室跑,并美其名曰学画来着?

鬼才信。

"我将来一定要做美术设计。这行赚钱,我看准了。"唐池欲盖弥彰地说,"有了钱,我可以环球旅行,那是我最大的梦想。"

"和谁?"我说,"黄豆豆?"

"去!"唐池说,"他那时候老了,我要找个年轻的力大无比的帅哥,可以替我背旅行袋。"

看来唐池关于有钱的概念实在是不到位,到了有钱的那一天,旅行袋里顶多也就是装些化妆品而已,怎么可能会重?

但不可否认的是,为了理想,唐池一直在奋不顾身地努力着。她的画开始越来越漂亮越来越有感觉,曾多次得到黄豆豆的表扬和首肯。她甚至得到了一个相当不错的机会,替雨辰的一本

【晚安，唐池】

新书画插图。

雨辰是我和唐池都非常喜欢的一个女作家，她的文字很天然，故事很有趣。她所有的书都是写给十四到二十岁的孩子，在我们同学间非常的流行。

我和唐池就常常被她的小说感染得喘不过气来，一拿到她的新作就如上瘾一般，非一口气读完不可。

感谢雨辰，她是一个很勤劳的作家，让我和唐池可以时时享受快乐的阅读。而且，雨辰还有一个网站，双休日的时候，我和唐池会在上面流连，我们都是双鱼座，所以初次上网的时候，为了表示姐妹情深，我叫双鱼甲，唐池叫双鱼乙。我们在雨辰的论坛上珠联璧合地发一些贴子，很快就引起了她的注意，运气好的时候，还可以在聊天室里遇到雨辰，就这样和雨辰慢慢地熟悉起来，在网上，我们叫这个一点没架子的作家辰辰姐，她很欣然地答应，然后亲热地回叫我们小甲和小乙。

我问唐池："雨辰的插图画得怎么样了？"

"最近感觉不算太好。"唐池说，"我觉得我画得太卡通了些，不是那么唯美，明天拿去给黄豆豆看，希望他会有好的建议。"

我就知道她，三句话不离黄豆豆。

"你妈知道吗？"

"知道，我妈为我而骄傲。"唐池说，"我妈还说雨辰是个不错的作家。我能替她做点事是我的荣幸。"

"你妈是高兴你能挣钱了吧。"想想我妈对我百般严肃万般刁难的态度,我就对唐池妈妈对她的宽容感到来气。

"也可以这么说吧。"唐池得意地说,"不过你不必嫉妒我,我可以请你吃东西的。"

"唐大款再见,我要看书了。"我挂了电话,不愿和她再说下去。

你瞧,唐池就要功成名就了,可我却越来越失败,甚至对自己考不考得上重点高中,都完全没有了把握。

第二天吃完中饭,唐池就约着我一起去黄豆豆的画室。学校对黄豆豆真是不错,给他的画室宽大而又明亮,画室的墙上挂的大都是我们学校学生的作品,其中就有唐池的一幅,不过主角是我,画上的我眼睛明亮,发丝飞扬,笑得傻里傻气,身后黄昏的天空像一块绵绵的随时可以塌下来的软糖。

"嗨!老黄!"唐池无比老套地和黄豆豆打招呼,想尽量表现出他们之间的熟络。

"呵,吃过了?"黄豆豆说,"插图的活干得如何啦?"

"这不正来向您请教吗?"唐池无限崇拜的样子递上她的作品。

"到这边来。"黄豆豆领着唐池去了靠窗的一张桌了。趁他们交流的时候,我踱到一边看一个女生画画,她正在很用力地画一棵树,看上去是一棵秋天的正在拼命凋零的树,树旁边有一男一女,男的表情很漠然,一看就在扮酷,女的则没心机地笑着,

【晚安，唐池】

身上穿的是淡紫色的纱裙。

我反正也没事，多嘴多舌地说："秋天穿这样的裙子会冻死的。"

画画的是个高三的女生，听说她正准备考美院。

听我这么一说她猛地回过头来凶我："你懂什么！"把我吓了好大的一跳。

接下来的事情是我无论如何也没想到的，她居然站起身来，愤然地撕掉了那张还没完工的画。

"对……对不起。"我结结巴巴地说，"您可以对我的无知表示愤怒，可是您实在没必要这样对待自己的心血呢。"

黄豆豆和唐池见状一起走了过来，唐池慌里慌张地问："怎么啦，夏奈？夏奈，到底怎么了？"

我耸耸肩，恨不得立即置身事外。

"朱莎，最近脾气很坏呀。"黄豆豆替那个女生把地上撕得稀烂的画捡起来说，"我早跟你说过了，对你而言，心态很重要，其他都是次要的。"

"是当着这两个小妹妹教训我吗？"那个叫朱莎的女生把眼前的颜料一推，背上她的书包说，"我可没空听。"

说完，她拔腿就出了画室。

"快高考了。"黄豆豆看着她扬长而去的背影自嘲说，"压力不是一般的大啊。有点脾气也就难怪了，呵呵。"

"比得上我们中考吗？"我说，"都知道现在的中考比高考难。"

"我看你们挺轻松的嘛。"黄豆豆说,"整日嘻嘻哈哈的。"

"那是我们心态好。"

黄豆豆看我一眼:"挺能说,呵。"

"夏奈是我们班名嘴。"唐池适时地拍我马屁说,"要是举办吵架比赛她以一顶十绝没问题!"

我伸出手捏她的脸以示抗议,她推开我逃出好远,回头招招手说:"老黄快来,我们接着聊。"

"越来越没大没小。"黄豆豆叹口气走过去,我觉得自己在这里有些多余,然后觉得有些馋,于是决定去小卖部买点零食吃吃。

我刚走出画室的门就看到朱莎,她并没有走远,正靠在画室的墙边,若有所思的样子。我从她的身边经过,并没打算跟她说话,她却喊住我说:"嗨。"

"嗨。"我笑笑,"原来你没走。"

"你为什么要出来,"朱莎说,"是他们让你出来的吗?"

"他们?"我一头雾水,"他们是谁?"

"别装傻了。"朱莎说,"黄豆豆和那个叫什么唐池的。"

"他们为什么要让我出来?"我当时确实是弄不懂,就傻傻地问了下去。

"现在的中学生什么事做不出来!"朱莎说,"我真替你们感到脸红。"

我隐约知道她想表达什么了,可是我却什么也表达不出来了,只好张大了嘴瞪大了眼看着她。

"瞧你那傻样。"她讽刺我。

"瞧你那傻样!"我回嘴说,"黄豆豆是个好老师,唐池是个好同学,你要停止你脑子里那些怪思想。"

"你多大?"她问我。

"十五六岁。"我说,"比你年轻。"

"可你说话像我妈。"她冷笑着说,"我初三的时候,比你们单纯得多。"

"那是。"我懒得和这个神经质的女生再理论下去,都说学画画的人多多少少有些与众不同,我暗暗地想,要是哪天唐池变得这样神经兮兮,我说什么也要当机立断地和她断绝一切外交关系。

我在小卖部里买了一包薯条,站在学校的大操场边咯嘣咯嘣地咬。

我忽然不想回画室了,我忽然觉得唐池其实一定不愿意我回画室的。可是我也不想回教室看书,我正站在那里犹豫不决的时候,忽然有人喊我说:"夏奈,怎么你没有吃午饭吗?"

我抬眼一看,说话的是我们班体育委员,个子最高的林家明。

我常常想,世界上没有比林家明这个名字更土的名字,也没有比林家明更笨的第二个人。我这么说并不是没有依据的,因为我就因为林家明的愚昧而吃过大亏。

【晚安，唐池】

那还是在初二的时候，体育老师不知道哪根筋搭错了，居然在给我们测短跑的时候指派林家明按秒表。那天考完，我们那组的成绩都特别好，很轻松地过关了。我还没得意够呢，林家明凑到我边上来说："夏奈，你要谢谢我，要不是我，你们这组都难及格。"

我疑惑地看着他，他小声神秘地解释说："我提前按了表。"

我当时真的是非常非常之惊讶的，我真没想到外表看上去这么老实、个子这么高大的林家明竟是如此不磊落的小人，我一点儿也不感激他，也懒得去想他为什么会这么做，我只知道他确实害惨了我。因为没多久后的校运动会中，我就被硬抽去参加短跑接力赛，我没法拒绝，只好强撑着上场，在那次比赛中如愿以偿地丢够了面子，唐池看着我落在最后的气喘吁吁的衰样，差点没笑得背过气去。

她总是做出一副爱情专家的样子来对我说："林家明喜欢你欣赏你，这一点傻子都看得出来。"

"不奇怪，因为你就是傻子。"我说，"傻得不可救药。"

"有些事情就是事实，你不承认它也存在。"唐池深奥地说。我疑心她在说她自己和黄豆豆，算了，看在是好朋友的份上，懒得戳穿她。

"你在想什么？"林家明伸出五个手指在我面前一晃说，"好像在神游太空呢，我说什么你没听见吗？"

"没有。"我老实地说。

"看你吃薯条的样子，好像世界上最好吃的东西就是薯条。"

"是吗？"我把手里的袋子往他面前一伸说，"喏，剩下的全给你。"

"不要了不要了，这种东西我不爱吃的。"他拼命地往后退，好像我递给他的是一包定时炸弹。

我掉过头就走，他却呼哧呼哧追上我说："怎么你和小糖果不在一起？"

小糖果是我们班男生对唐池统一的爱称。我每次听到，都会肉麻得全身起鸡皮疙瘩。

"我为什么非要和她在一起？"我没好气地说，"她是她我是我。"

"你们一定吵架了吧？"林家明胸有成竹地说，"你们女生就是这样烦，好三天再吵三天，没完没了。"

"你完了没有？"我站住，看着他说，"你可不可以不要跟着我？"

"我要去教室。"他无辜地说，"你能给我指第二条路么？"

我唯一的选择是转身往校外走去。

离学校不远的地方有一家小小的音像店，那是一家我非常喜欢的音像店，每天放学经过那里，就算不进去，也一定会探了头望一望。

开店的是一个小年轻，他总是坐在柜台里面眯缝着眼睛听歌，来了客人也不起身招呼。不过这并不影响他做生意，因为他的货很不错，很多很难买到的碟，在他这里准能买到。

我进去的时候他正在放一首张清芳的老歌《花戒指》：你可听说吗？ 那戒指花，春天开在山崖，人人喜爱它……

我一喜，问他："有这张碟卖吗？"

"卖。"他说，"引进版，价格不贵。不过就两张，要买就赶快。"

我毫不犹豫地掏钱买下，虽说是不贵，却也是我半个月的零花钱。但我一定要买，我要把它送给木天。

木天是一位我熟悉的DJ，年少轻狂的时候，我曾经和唐池一起做过一次他的嘉宾，前一晚我激动得差点睡不着，要是现在一定不会了，我好像已经老得对什么事都没有了激情。不过我很怀念木天，他是一个干干净净的阳光男孩，声音里带着一种温柔的诱惑。

我还记得那次他说要送我们一首歌，张清芳的《花戒指》，并说这是一首唱给少女的歌。可惜歌放到一半碟就不争气地跳了起来，木天沮丧地说："可能是太久没放了才会这样，而且这张碟真的很难买到了，买盗版，好像又太对不起张清芳以及这张碟的经典。"

初三后，很少再有时间听木天的节目，如果偶然想起听，他的声音总是给我与故友重逢的好感觉。

我喜滋滋地拿着那张碟回学校，一路想象把它送到木天的手里时他的惊喜。

Story 01
努力吧，夏奈，光明就在正前方　024

【晚安，唐池】

　　进了教室，下午的第一堂课就要开始，唐池一脸不快乐地坐在座位上，如审犯人一般冷冰冰地问我："你招呼也不打一声，去哪里了？"

　　她的语气让我相当的不舒服，我的语气自然也好不到哪里去："你管得着吗？"

　　"管得着。"她说，"这是起码的礼貌，你有没有想过我会在黄豆豆那里等你，一直等到你回来，你知不知道我差点迟到！"

　　"你不是比我还要早到吗？"我觉得唐池简直就是在大题小作和无理取闹，"再说了，"我讥讽地说，"你呆在那里难道想走吗？九头牛怕也是拉不走的吧，可别赖到我头上。"

　　"你这话是什么意思？"唐池提高了嗓子。

　　"不想让大家知道是什么意思你就小声些。"我警告她说，"你不要这样，一点儿也不讨人喜欢！"

　　"我为什么要讨你喜欢？"唐池的声音是低了下来，可是气焰一点儿也没下去，"我为什么要讨你喜欢，夏奈，你是我什么人？"

　　"弱智。"

　　"你才弱智！"

　　"白痴。"

　　"你才白痴！"

　　上课铃声及时地阻止了我们继续再吵下去。我把手中的碟片藏进书包里，完全失去和唐池一起分享我喜悦的欲望。可是课上到一半的时候我却发现身边的唐池好像有些不对劲，课桌微微地抖动起来，仔细一瞧，原来她竟在哭！

我和唐池吵嘴司空见惯，林家明说得一点也没错，好三天吵三天，谁也不会真正地服输，可是让她伤心到哭泣却好像还是第一次。

人说恋爱中的女人最脆弱，难道……

我用手肘碰碰她，轻声说："喂，不至于吧？"

她不答我，头埋得更死，课桌抖得更厉害了。周围同学的眼光都往这边瞄过来，正在上课的老师好像也有所察觉，停下来不讲了。

我赶快举手站起来说："报告老师，唐池她肚子疼，疼得撑不住了。"

"那……"老师说，"要不先送到医务室看看，不行的话还是送医院吧。"

我扶起唐池，在老师关切的注视和同学们怀疑的注视中艰难地迈出了教室，刚走到拐弯处，我就猛地放开她说："行了行了，别装死了，你不要面子我还要面子呢。"

唐池却一把抱住我哇哇大哭起来，吓得我赶紧去捂她的嘴："要死啦，你今天是犯神经病了还是怎么啦？"

"我被人欺负啦！"唐池尖声叫起来，"我被人欺负的时候你居然跑得远远的，你到底够不够朋友啊？"

"谁欺负你？"我吓得脸都白了，"黄豆豆？"

【晚安，唐池】

PAGE 027

"你说什么呢！"唐池说，"听听你都在胡说八道些什么！"

"那是被谁？"我被她绕糊涂了。

"朱莎。"唐池呜呜地哭着说，"就是高三那个朱莎，她把我的画批评得一无是处，还……还骂我是娼妇。"

"岂有此理！"我说，"你听清楚了？她真这么骂的？"

"那还有假？"

"当着黄豆豆骂的？"

"没。"唐池说，"黄豆豆出去了一下。她就是可恶在这里，等黄豆豆回来的时候，她就拼命地对我笑，好像跟我是百年之交。"

"她骂你，你怎么反应？"

"我没反应。"唐池说，"从来没有人这样骂过我，我当时就傻了。"说完她又抱着我痛哭起来，看来真是伤得不轻。

"谁叫你道行不够？"我拍拍她的背安慰她说，"人家比你多吃三年饭么。"

"谁叫你不在？"唐池蛮不讲理。

"对对对。"我顺着她说，"我要是在，打了她的左脸再打右脸，直到把她打成馒头为止。"

唐池这才破涕为笑，得寸进尺地说："你现在就去打，替我出口气。"

"八婆。"我骂她。

她扁扁嘴又要哭。说真的，我是真替唐池感到愤怒，我无

【晚安，唐池】

法想象朱莎会用那样的字眼来骂一个初三的女生，我了解唐池，她是因为屈辱才会觉得痛苦，而这种痛苦又让她感觉到更加的屈辱，周而复始，所以无法承担。

"好了，君子报仇十年不晚，清者自清，走自己的路让人家说去吧……"我把自己知道的格言警句一股脑儿全搬了出来，得到的却是唐池的一句回复："夏奈，你这是事不关己，高高挂起，有那么容易？"

不能否认的是，唐池已经陷到一种说不清道不明的复杂关系里了，如果她不能及时地抽身，我可以预言，黄豆豆也好，朱莎也好，都可能在这个初三的深秋把唐池的生活掀起一阵狂风大浪来。

我在深夜上网，遇到雨辰，她问我："咦，双鱼乙呢？"

我说："双鱼乙在恋爱。"

"哦？那你呢？"

我文学而肉麻地答道："我在看一场爱情的烟火。"

雨辰哈哈大笑，然后她说："小甲，你是个可爱的家伙。"

"辰辰姐，"我问她，"如果有人骂你娼妇，你会怎么样？"

雨辰可能没想到我会问这个问题，她沉默了一下说："我会装作没听见。"

"我是说在你十五六岁的时候。"

"那……也许我会拿把刀杀了他。"

瞧，著名的作家都这么说。瞧，十五六岁谁不该有点性格？

可是我知道，就算我在场，我也会和唐池一样不知所措的，顶多问她一句："你怎么可以这样骂人？"

那晚唐池没有上网，也许她正躲在房间里悄悄地哭泣，也许正在日记本上奋笔疾书，也许正在画板上面乱抹乱涂，我一想到她就有点心疼她，我想给她打一个电话，可是我不知道该说些什么，我希望她会给我打一个电话，那么我就可以顺理成章地再安慰她一下子。可是电话始终都没响。

那晚的日记，我只写了四个字：晚安，唐池。

我永远都记得在黄豆豆那间宽敞明亮的画室里
面对着撒满一桌的金色阳光
他的手指轻轻地放在我的画上　铿锵有力地说
　唐池　你真是一个天才
十六年来第一次有人称我为天才
我当时一阵头晕目眩　激动得站也站不稳

夏奈的RADIO

我叫唐池，夏奈说我的名字很有趣，倒过来就是——吃糖。

其实我从小就不喜欢吃糖，我对一切的甜食都感到厌倦和发腻。我有一张正在吃生日蛋糕的照片，不过那样子很滑稽，照片上的我紧锁眉头，看上去好像是在吃药。我还不喜欢穿漂亮的衣服，宁愿整日套在呆呆板板的校服里，因为只有这样我才会觉得自由自在。

我的妈妈说，我是个奇怪的孩子，不过我妈妈对我这个奇怪的孩子非常的宽容。比如我喜欢画画，她总是买最好的颜料给我，还给我请家庭教师。我要是哪天回家晚了，她也绝不会像夏奈的妈妈那样冷着脸问到底，而是很关切地对我说："你肚子饿不饿哇？我烧了你最爱吃的红烧鱼呢。"

你看，就算我现在正在念初三，她也从不要求我放下画笔专心读书什么的。

说到画画我不得不提到一个人，那就是我们的美术老师黄豆豆。在遇到黄豆豆以前我画画是毫无章法随心所欲的，但遇到他之后，仿佛一切都改变了，他若有若无其实却重要非常的指导让我眼前一亮，我开始敢想自己将来可以成为一名画家，退一步

Story 01
我叫FISH，她叫KIKO　034

说,至少可以靠画画来养活自己。

我永远都记得在黄豆豆那间宽敞明亮的画室里,面对着撒满一桌的金色阳光,他的手指轻轻地放在我的画上,铿锵有力地说:"唐池,你真是一个天才!"

十六年来第一次有人称我为天才,我当时一阵头晕目眩,激动得站也站不稳。

黄豆豆看着我说:"怎么了?脸色这么苍白?"

我摸摸脸,赶紧掩饰说:"是吗?也许是这些天太累了。"

他同情地说:"初三了,是紧张。"

我好奇地问他:"老黄,你初三的时候画画不?"

"画啊。"黄豆豆得意地说,"不过我那时候成绩挺好的。"

"我知道你成绩好,中央美院的高材生么。你知道不,他们都说你在我们学校教书是屈才啦。"

"客气。"黄豆豆说,"我只是觉得这个工作适合我而已。"

我夸他:"呵呵,你人不错,挺淡泊名利的。"

他被我的老气横秋给逗乐了,看着我笑:"唐池,挺有意思呵。"

黄豆豆笑起来不好看,不过这并不妨碍他成为我的偶像。偶像一天之内夸我两次,我真是有些受不了。

我一次次地问自己,我是不是一个虚荣的孩子呢,没有答案。

于是我鼓足勇气问夏奈,她头也不抬地回答我:"当然是,唐池既然你问到这个问题,我不得不遗憾地告诉你,你实在是太虚荣了，有时简直虚荣得不可救药。"

"我是说真的。"

"我也是说真的。不过这并没有什么，"她打我一巴掌又揉我一下说，"不是有句话，虚荣使人进步么。"

"是虚心使人进步吧。"我说。

"差不多差不多啦，"她嘿嘿乱笑，"要不是虚荣心作怪，我看你画画的水平也进步不了那么快哦。"

我当然知道她想说什么，她想说我对黄豆豆有点不一般的意思，所以才会这么拼了命地学画画。

其实这话她藏在心里很久了只是从来没有当着我的面说出来而已。我正在为她的含沙射影感到不高兴的时候，她又忽然拿出一张张学友主演的片子《男人四十》给我，说是我一定会喜欢看，里面讲的是一个女学生爱上自己老师的故事。

我反问她说我一定会喜欢看什么呢？她想了想说这还用得着我说吗唐池你真是的。

我发了很大的火，我把那张DVD狠狠地扔到地上，再用力地踩上两脚，然后我调头就走。

她捡起那张被我踩得稀烂的DVD追上来说："小姐，这是正版的呃，你知不知道我心都在滴血？"

"是你先让我伤心的。"我说，"你和别人一样乱想我，根本就没有把我当好朋友！"

"你是为了黄豆豆和我吵架吧，"她比我更大声地说，"你为了他和我吵架难道就把我当好朋友了吗?"

"那我们就开门见山吧,"我说,"你一直以为我对黄豆豆有什么意思对不对?如果真的是那样的话,那么你对那个叫木天的呢?你敢说你内心是一片纯洁的吗?"

她的嘴张成O字形。

那天是圣诞节,天又干又冷,我们刚连着考完两场试,一点点节日的气氛都感觉不到。在教学楼有风的长廊里,就站着我和夏奈两个人。我想起不久前就是在这里的黑板报上,那个高三的变态的女生曾经用粉笔写下过一行大大的字:大家注意了,初三(3)班的唐池是个超级大花痴!

用的是粉红色粉笔,字又大又漂亮,从黑板的这头一直拉到那头。我不知道当我看见的时候已经有多少人看到这行对我进行无耻人身攻击的大字了,反正是夏奈跳起来,用她的衣袖迅速地擦掉了它,然后拉着我迅速地离开了。

也是夏奈不断地提醒我不许哭不许苦着脸不许倒下,不然别人就会遂了心愿。

上课的时候,我一直看着夏奈肮脏的衣服袖子,一边宽慰地想没什么,真的没什么。就算全世界都对我有所怀疑,还有夏奈站在我身边,不是吗?

可是现在,我怎么了?

想到这里,我心呼啦啦就软了下去,走过去拉拉她,低声说："算了，是我不好。"

"你有间歇性神经病，唐池。"她愤愤地说。

"是是是是。"我说。

她扑哧笑起来："我有说什么吗？我什么也没有说，你干吗好好的往木天的身上引，真是变态。"

"是是是是。"我又说。

"是我不好。我也不该这么小气。"见我态度好，她又心疼我了，讨好地对我说，"快回教室吧，我有圣诞礼物送你。"

"是什么？"我一路问她，她笑而不语，誓将神秘进行到底。

在教室里坐下后，她在包里掏啊掏、掏啊掏地掏出来一幅皱巴巴的手套说："这是我的处女作哦，你一定要珍惜的。"

我接过来，真的是她自己织的，两只上面各有一个歪歪扭扭的英文名，分别是FISH，KIKO。

我叫FISH，她叫KIKO。

"昨晚弄到十二点。"她说，"我是希望可以标新立异一点。本来想放上去两条鱼的，可是实在力不从心，就弄上我们的英文名啦。"

我的眼睛一热。

"挺暖和的。"她催促我，"戴上试试！"

我给足她面子，戴着它上完下午的三堂课。高兴起来了，又用戴着手套的手去摸摸她的脸，听她用她最喜欢的形容词悄悄地骂我："肉麻。"

【夏奈的RADIO】

PAGE 039

放学的时候，她对我说她不跟我一起走了，想去电台一趟。

"又是木天？"我不高兴。

"你吃醋的样子挺可爱。"她哈哈大笑说，"不过别乱吃飞醋，我只是去送张CD给他做圣诞礼物而已。"

"好吧好吧，"我夸张地说，"为你们纯洁的友谊而干杯！"

林家明走过来问我们："嘻嘻哈哈的在说什么呢？"我觉得他一天至少有五小时眼光停留在夏奈的身上。只是夏奈从来没有给过他一丝好脸色。

"正说你呢。"我故意逗他开心。

"说我什么？"林家明真是笨得可以，还当真了。

"说你长得像唐池的偶像。"夏奈坏坏地说。

"是吗是吗？唐池你的偶像是谁呀？"他话还没说完，我和夏奈早已经手拉手地跑远了。林家明人高腿长，三下两下追上我们说："等等啦，我有礼物要送你们！"

"啊？"我瞪大眼睛说，"不是买一赠一的那种吧，拒收！"

林家明变戏法一样从裤子口袋掏出两个长长的小玻璃瓶来，每瓶中竟然是两条游来游去的小鱼，好看得要死！

"送给我们班两个双鱼座的女生。"林家明说，"圣诞节快乐。"

我一把抢过，夏奈则板着脸收下。

我一边跑一边对夏奈说："真想不到林家明也这么浪漫呢，今天是圣诞节，你应该给人家一个微笑做圣诞礼物么。"

【夏奈的RADIO】

"去你的!"夏奈下手真重,差点没打爆我的头。

我和夏奈在校园门口的公车站分手,看着她先上车往电台的方向去了,我想了想折身返回了,我走到校园里,身不由己地走到黄豆豆的画室。

我推门进去,很幸运,他在那里,而且只有他在那里。

"唐池。你好像好久不来了。"他正在整理画室,把画挂上去又取下来,问我说,"这幅挂这里好不好?"

"还行,圣诞节快乐。"我说。

他回过头来朝着我笑:"对呀,今天过节,我都差点忘了。"

"怎么你不和你女朋友去过节吗?今晚有很多地方都在开Party,还有抽奖什么的,一定很好玩。"

"呵呵。"他并不回答我,"你怎么还不回家?"

"我不是来祝你圣诞快乐吗?"我说,"你也应该祝我圣诞快乐。"

"好。"他好脾气地说,"祝唐池圣诞快乐。"

"可是我一点也不快乐。"我靠在门边叹息。

"怎么了?是不是学习很紧张?"他走近我,"来,进来啊,站在门口很冷的。"

"不了,我这就走。"

"你替雨辰的书画的插图通过没有?"

"有你指导还会有问题吗?"我说,"雨辰很高兴,我在网上跟她说起你,她说出了新书也一定会送你一本。"

"那我就不客气了，哈哈。"

"你有没有看到黑板上的那些字？"这其实是我最想问的问题。那以后，我一直都没有来过他的画室。

"什么字？"

"是不是真的没看到？"

他一脸疑惑的表情。我相信他是真的没看到，于是我又问他："如果有人跟你说唐池这个人很坏，你会不会相信？"

"不会。"他看着我，头低下来。他真的比我高好多，然后我听到他说："看来有烦恼啦？如果不高兴就画画吧，那是一个好办法。"

"如果我不在这里上高中，你还会做我的老师教我画画吗？"

"这里随时欢迎你。"他说，"我等着你功成名就的那一天呢。"

"你画得这么好，不也视名利为粪土？"我说。

"你会比我更好。"他看着窗外说，"今晚一定会下雪的，你相不相信？明早起来，就会看到最美的雪景了，不愉快的事情，别再去想它。"

"好的，黄老师再见。"我跟他告别，这一次，我没有叫他老黄。

晚上我趴在桌上画贺卡给夏奈，桌上放着林家明送我的两条鱼，它们正在小玻璃瓶里不知疲倦地游来游去。我也准备画两条鱼送给夏奈，我正在画第一条鱼的时候妈妈走了进来，我给她看

夏奈替我织的手套,她笑得什么似的,挑三拣四地说:"看看,五个手指没一个是一样的长短哦。"

"难道你的五个手指有一样长短的吗?"我替夏奈抱不平,宝贝一样地把手套收好放到书包里。

"好朋友送的当然与众不同啦,"妈妈说,"不过现在的女孩能把手套织出来就不错了,是不能对你们太挑剔。"

"我送夏奈一张手绘的贺卡如何?"我问妈妈,"我本来想好朋友不用送来送去的,可是既然她都送了,我还是回个礼比较好。"

"好主意。"妈妈拍拍我头说,"画吧,画完早些睡。"

可是我没画一小会儿就接到了夏奈的电话,她在电话那头沉默了半天才说话:"我,我是夏奈。"

"废话呃,"我说,"你一吱声我就知道你是夏奈哦。"

"我在街上。"

"啊?几点了,你在街上做什么?"

"随便走走。"她不停地说下去,"虽然很冷,不过夜色还挺美。今天过节呃,只可惜是洋节,要是在美国,一定热闹死了,我就不会这么孤独了。"

"夏奈……"我被她吓住了,"你胡言乱语些什么?"

"我说的都是真的,"夏奈的声音低下去,"唐池你可以笑话我,你知道我做了什么傻事吗?我居然离家出走了,真是老土得要命哦。"

"夏奈！！！"我听到自己尖叫起来，"你在哪里，你现在到底在哪里？"

"我不知道。"她说，"这条街我不熟悉。"

"我的天……"我说，"你在哪里我马上来！"

"好吧。"她说，"城西，十一路公共汽车到底，不过现在没公车了，我坐的是最后一班。你多带点钱，也许我可以在哪家旅馆凑合一夜。"

"姑奶奶你饶了我。"我求她，"你就在站台千万别乱跑，等我来。"

我匆匆忙忙跟爸爸妈妈说明情况，老妈比我还义气，帽子围巾一拿说："快走快走，我陪你打车过去，十一路公车站那边挺偏的。"

"带回家里来吧。"爸爸也说，"等她来了再给她家打个电话，不然她家里人该着急了。哎，有什么事不能好好说呢……"

爸爸的话还没说完，我和妈妈已经冲出了门。

夜真的很冷，不过并不寂寞，很多店依然开着灯不想错过今晚的每一宗生意。司机将车开得飞快，快到的时候我不顾寒冷地摇开了车窗，老远就看到了坐在站台边身子蜷成一团的夏奈。

车停了，我让妈妈和司机在车上等我，独自下了车。

我走到夏奈的身边，她没有声音，好像冻僵了一样。我吓丝丝地蹲下来叫她："KIKO，KIKO？"

"我真是没出息。"她的声音听上去还算正常，"唐池我简

【夏奈的RADIO】

PAGE 045

直比你还没有出息，我该怎么办呢？"

"跟我回家。"我把我的围巾围到她脖子上说，"KIKO，我们回家。"

她抱住我开始呜咽，哭声低而绝望。

"不管什么事，我们回家再说。"我说，"你不是常常跟我说，天不会塌下来的吗？天塌下来还有个儿高的你撑着呢。"

"我只是觉得丢面子。"

"你在我面前还要什么面子？"黄豆豆说得对，天真的开始下雪了。我拉住她说，"快走快走，不然我们两人都会变成雪人了，明天早上准上新闻。"

"别提上新闻的事，谁提上新闻我跟谁急！"她拖着哭腔。

夏奈小学五年级的时候曾经上过一次新闻，她觉得那是她一生中最辉煌的时候，每每提起，总是唏嘘，呵呵。

我好说歹说总算把她劝上了车，见我妈也在车上，她不好意思了，打了个招呼就抿着嘴一句不说。

"没事！"我用手肘碰碰她说，"我妈挺开通，她不会说啥的。"

"你别刺激我。"她说。

"我就知道你是跟你妈吵架了，到底为什么？"我问她。

"给你妈打个电话吧，"我老妈把手机贡献出来说，"她在家一定急坏了。"

"不打。"她说。

夏奈的脾气我是知道的,我赶紧跟老妈使眼色:"好啦不打不打,有什么事我们回家再说吧。"

"原来是圣诞节离家出走哇?"司机也听出点端倪来了。

"闭嘴!"我和夏奈齐声说。

我妈笑得什么似的,一点风度也没有。

好不容易折腾到家,趁夏奈在洗手间,我偷偷地往她家打了电话,她妈妈一接电话就大声叫嚷起来:"说她两句就跑了,你家在哪里,我马上来领人!"

"不用吧阿姨,都在气头上,明天我一定劝她回家,让她向您赔礼道歉!"

"唐池,"夏奈妈妈在那边好像一下子哭了起来,"你和夏奈是好朋友,你怎么着也要劝着她,别让她做那些不该做的事情啊。"

"啊?"我一头雾水,"她做啥不该做的啦?"

正说到这里,夏奈像火箭头一样地从洗手间里冲了出来,夺过我手里的电话,冲着听筒大叫了一声:"够了!"然后啪地挂断了它。

那晚,夏奈和我挤在我的小床上,她的双脚冰冰凉,贴着我半天也暖和不起来。我拿出才画了一半的贺卡给她看,说:"要不是你半路打扰,我明天就可以把它送给你了。"

"唐池,你真好。"她说,"没有你我怎么办?"

"现在知道我好了?"我说,"白天你不还骂我是神经病?"

"嘻嘻。"她笑,看来心情好了许多。

于是我试探着问:"到底什么事情跟你妈妈吵成这样?现在可以说了吧?"

"我妈不可理喻。"夏奈说,"我今天不是去木天那里吗?他很喜欢我送他的张清芳那张CD。他也送了我圣诞礼物,是一个小小的木壳收音机,真的很漂亮的。木天记性真好,他还问起你呢,他都记得我们天天在一起。"

"被你妈知道了?"

"本来也不知道的,晚上我听木天的节目,忍不住打了一个热线电话进去跟他聊了几句,他说很高兴我去看他,两年没见我都变成大姑娘了,真是女大十八变,越变越好看。我正高兴着呢,我妈撞开我的门就进来了,一定要问我和木天到底是什么关系。"

"她偷听你讲电话?"

"是啊,"夏奈捂住脸说,"我觉得屈辱。"

"后来呢?"

"我回答她,他是主持人我是听众,就这么简单,可是她死活也不信,问我为什么要送木天CD,木天为什么一定要我去电台,让一个小姑娘去电台一定是没安什么好心,你叫我怎么跟她说下去?"

"那就别说了,忍忍不就过去了?"

"你以为我不想忍?我都忍了。我都洗完脸洗完脚准备上床睡觉了,她又跑进了我房间,在我房间里东翻翻西翻翻,一点也不顾及我的感受,最后她找到了我床边的小收音机,她竟然拿走了它。"

"你妈妈真是过分。"我说。

"我跳下床来跟她抢,我本来抢赢了,可是又被她抢了回去,我让她还给我,她居然把它一下子扔出了窗外。要知道我家在十二楼,十二楼呢,外面黑成一片,就算找到,它也一定是摔成碎片了。"

"我知道我知道。"我真的明白夏奈的痛苦,心疼地说,"不怪你离家出走。要是换成我,我也许也走了。"

"你妈妈爸爸真好,才不会那样。"

"你妈妈其实也挺爱你,不过是在气头上而已。"

"可是那个家我真不想回了,"夏奈说,"我爸和我妈夫唱妇随,一人一句,好像我已经成了街上那种浪荡女,我做什么错事了,我真是想不通。"

"只因为你喜欢上木天了。"我一针见血地说。

"喜欢有什么不对吗?"她低声说,"其实我很少参与他的节目,只因为今天是圣诞节,我才会想起来打一个电话。"

"也许喜欢都是要付出代价的吧。你看,我和黄豆豆不也是吗?"

"你喜欢黄豆豆什么?"她问我。

"说不上来,那你喜欢木天什么?"

"我也说不上来。"她答我。

"可是我觉得真的没有什么，我们并不是坏小孩。"我说，"睡吧，一觉醒来，不愉快的事就忘掉了。"

"真让人觉得累。我什么也不想想了，我只想好好地睡一觉。"夏奈说着，长长的胳膊绕过来搭到我脖子上。她好像真的是很累了，很快就闭上眼睛睡着了。她甚至打起了轻轻的呼噜，像一只可爱的小老鼠。

我却翻来覆去，怎么也睡不着，像桌上那两条不知疲倦的鱼。

歌声里

我的心深深地迷醉

我想

这个世界上也许再也没有第二个像市天这样懂得我心的人

也许他永远也不会知道双鱼就是夏奈

可是这又有什么关系呢

有一个人可以这样地懂你

这样认真地来读你的信和你的心情

应该算得上是幸福的吧

天很蓝的那个下午

【天很蓝的那个下午】

如果要让我用一个词来形容初三,我会说:不堪回首。

夸张一点点说,初三的我可谓是"劣迹斑斑",当然这一切都是因为那次不算彻底的"离家出走"而引起的。

其实第二天放学后我就直接地回了家,那天是周末,有很多同学约着一起去逛街我都没有去。

告别的时候,唐池不放心地对我说:"别跟你妈吵,忍忍就过去了。"我点头示意她放心。她其实并不放心,走的时候频频回首,让人心折。

我刚进家门,妈妈就迎面把一个玻璃杯扔到了地上,我定睛一看,竟是林家明送我的圣诞礼物。杯子在瞬间粉碎,两条无辜的小鱼在地面上拼命地挣扎。

我面无表情地看着我妈妈,我不知道她是从哪一天起变成了这么一个心狠手辣的女人,她恶声恶气地问我说:"你还回来干什么?"

我觉得疲惫极了,我一句话也不想说,就往我的房间走去,可是妈妈并不罢休,她一把拉住我,声音越来越尖:"你翅膀硬了是不是?敢乱想乱做了是不是?你给我坐下来,有些事情你今天必须跟我交待清楚!"

我坐到沙发上,膝盖上放上我的大书包。我想好了,她如果再逼我或者说再过分的话,我马上就再走,走了后就永远都不会再回来。

可是她的语气却忽悠悠地低了下来,她说:"阿奈你知不知道你这样很伤妈妈的心,你知不知道我昨天一宿没睡,今天连上班都没有心思。可怜天下父母心,你有没有想过可怜可怜你妈妈?"

"你可怜可怜我。"我无可奈何地说,"不要再自寻烦恼了好不好?"

"可是你跟男生交往是事实,互赠礼物是事实,在电台里说那些打情骂俏的话是事实,要是给我们单位的人听到,你让妈妈的脸往哪里搁?"

我努力想努力想也想不起昨天在电波里跟木天说过什么"打情骂俏"的话了,于是我只好牵动嘴角无奈地笑了笑。

妈妈又被我的笑激怒了:"你看看你现在,怎么一点姑娘家该有的自尊心都没有?还好意思笑?我要是你我就羞得跳楼了!"

我腾地站起身来:"你以为我不想跳吗?你要不要我现在就跳给你看!"

她被我吓住了,赶紧又拉住我,带着哭腔说:"你这孩子怎么变成这样,是不是非要把我气死才甘心啊!"我想挣脱她,可是她力大无比,我怎么也挣不脱。

【天很蓝的那个下午】

正在这个时候爸爸回来了,赶紧把我们纠缠着的两母女分开,说:"有什么事不能好好说,都给我坐下来坐下来。"

妈妈放开了手,我终于控制不住地嚎啕大哭起来。我从小到大都不是一个爱哭的孩子,我是实在忍不住了,妈妈是实实在在地伤了我的心。

我爸爸还算是可以沟通的人,在他的调和下,这件事好像有点不了了之。但之后的很多天,我在家里都不愿意多说一句话。

如果可以,我就一句话都不说。没滋没味的新年过后,新学期开始了,学习开始越来越紧张,大家说话的时候,都带着夸张的手势,走起路来也很夸张,仿佛不这样,就显不出对中考的重视来。

中午的时候,我喜欢和唐池一起到西教学楼的楼顶去看书,春天的风带着淡淡的花香,吹开了全身每一个毛孔,唐池把手放到我额头上,爱怜地说:"夏奈,你瞧你,变成了一个多愁善感的孩子。"

"嗯。"我说,"你瞧我多糟啊,我们算是背道而驰了。"

真是这样,唐池开始越来越有名,她替雨辰的新书画的插图相当的不错,被专家们一致认为相当的有特色,她的作品还开始被一些漫画卡通杂志所刊登,每一次拿了稿费,她就请我去狂吃一顿,或者是买我最想要的CD来送给我。

"不许瞎说。"唐池看着政治书的封面对我说,"我们是一生一世的好朋友,你怎么可以说这总让人泄气的话。"

我知道唐池是个好姑娘，如果可能，我当然愿意做她一生一世的好朋友，这一点我倒是从来都没有怀疑过。

时间宝贵，于是谈话就进行到这里，我们继续埋下头来背枯燥无味的政治，因为我们都知道，考上本校的高中部是我们可以继续在一起的先决条件。可是没过多久，我们的苦读就被一个尖锐的女声打破了："挺像模像样的嘛，这么卖命为了什么？想继续留在这里念高中？还是想……"

说话的人是朱莎，她后面的话没说出来，被她自己的笑声淹没了。

唐池很紧张，她的脸紧绷了起来。也不知道是从哪天起，这个怪异的高三女生就开始缠着唐池不放。唐池拉拉我的衣袖，示意我们走开，不要理她。

可是朱莎却不肯放过她，往我们面前一挡，神经兮兮地说："我倒是想问问你，你究竟用的是什么招数，可以让黄豆豆对你服服帖帖的？"

"你神经病！"我骂她。

"不关你的事！"她也骂我，又转头对唐池说，"你别以为我不知道，你那些所谓的作品到底有多少是你自己的创作，又有多少是出自黄豆豆之手呢？"

"你无耻！"她的话严重地伤到唐池的自尊，唐池忍不住大喊起来。

"我是无耻吧，"朱莎扬头一笑说，"也比你不要脸强吧？"

【天很蓝的那个下午】

PAGE 057

她话音未落,我一拳头已经重重地挥了过去。

那拳头不偏不倚地打中了她的眼睛,她捂住眼"哇"地一声大叫起来,没等她叫完,我又补上了一拳,这一拳比上一拳还要准还要狠。

算她倒霉,我老早就想打人了,只是没有借口而已。

事后我被老师请进办公室的时候我也是这么说的。只是补上一句:"朱莎早就欠揍了。"

我们班主任老游是个五十多岁的老女人,人虽然跟不上潮流,却还算得上是和气,她和和气气地问我说:"为什么说她欠揍呢?"

"她老是针对唐池,在外面胡说八道。"

"她都胡说八道些什么?"

"我不想说。"

"是不是说她和黄老师?"老游问。

我不吱声。

"那么唐池是不是天天都去黄老师那里?"老游又问。

"那又怎么样?"我忍不住说,"他们不过是讨论画而已。"

"当然这不关你的事。"老游叹口气说,"我只说你打人,打人为什么非要打眼睛?朱莎就要高考了,如果她的眼睛出什么问题,这个责任谁负得起呢?"

"该负多少责任我会负!"我硬撑着说。

"做事不经大脑!"老游气急败坏地责备我。

正在这个时候有人敲门,进来的是唐池,后面紧跟着的是唐池妈妈。

唐池走进来,首先悄悄握住了我的手,她的手冰冰凉,不过我依然感觉到安慰。

"我妈妈来了。"唐池对老游说,"有什么事您可以跟我妈妈说。"

"是。"唐池妈妈说,"游老师我早该来了,实在是抱歉我这个时候才来,不然也不会出今天这事情了。"

"夏奈打了人,打到了人家眼睛,人家家长找上来门来,你说——"

唐池妈妈手一挥,果断地打断老游的话:"这样,该付多少医药费我们一分不少给,算上营养费也行,不过我也要替唐池讨个公道,朱莎在公共场合多次对唐池进行诽谤,我要她当众向唐池道歉,不然,告上法庭我也奉陪到底!"

有了唐池妈妈撑腰,我和唐池相互看看,眼底全是笑意。

老游给唐池妈妈倒上一杯水说:"孩子的事,不用闹得这么大吧?大家各让一步,事情总好解决。"

"那就各让一步。"唐池妈妈干练地说,"我不希望这两个孩子再遇到什么麻烦,她们也要中考了,中考和高考一样的重要。"

"我会从中协调。"老游说,"不过唐池你也要注意影响,不要动不动就往黄老师的画室跑,你知道吗?"

唐池看着自己的脚尖，她显然不知道该如何来回应老游的这个要求。

还是唐池妈妈机灵，她让我们跟老游说谢谢和再见，然后一手拉我们一个，出了老游的办公室。

走出不远唐池妈妈就表扬我说："唐池你跟人家夏奈学学，不要一点脾气都没有，这样子被别人欺负也不知道还击？"

"我有夏奈就行了，她会罩着我么。"唐池甜甜地说，故意让我开心。

"不开心的事别去想。"唐池妈妈说，"晚上我请你们吃大餐！"

"我不去了。回家晚了妈妈又要刨根问底的。"

"那你就先回家吧。"唐池了解我，"骑车小心点，要不车不骑了，坐公共汽车回家也行。"

"我没那么脆弱。"我朝她笑笑，到车库拿了车独自上了路。

春天的夜还是有些微凉，我一路骑一路想，如果我生在唐池的家里，如果我的妈妈是唐池妈妈这样的性格，我是不是也可以更加的优秀一些呢，还是，我会变得更糟？

人的命运是那么的不同，性格决定命运，我一直记得这话，是木天在电波里说的吧。

我其实还是在悄悄地听木天的节目，唐池送我一个带耳机的收音机，是在我生日的时候送给我的，我只是不再用热线参与他

【天很蓝的那个下午】

的节目了，而是改成了给他写信，用"双鱼"这样一个名字。

寂静的夜里，城市已经睡着了，木天极富诱惑力的声音从耳机里沙沙的传来："今天又收到了双鱼的来信，她的信总是这样，用很舒服的纸，淡淡的字，淡淡地写来。木天想，这个叫双鱼的听众一定是个可爱的双鱼座的女生，那么她应该是刚刚过完生日不久，所以我要在这里祝她生日愉快。双鱼座是十二星座里我最喜欢的星座，双鱼座的人爱做梦，也无时不在幻想，也常将这种情结搬到现实环境中，而显得有些不切实际，但他们是善良的，绝对有舍己助人的牺牲奉献精神；他们是敏感、仁慈、和善、宽厚、与世无争、温柔、多愁善感的纯情主义者，也是十二星座中最'多情'的一个。让我们来听一首叶蓓的歌《双鱼》，这首歌也特别地送给可爱的双鱼，此时此刻，希望你会在收音机旁。"

紧接着，叶蓓的歌声便悄然响起："……我们仰起头，看那金色的太阳，你看还有那，田园野上清香的气息……"

歌声里，我的心深深地迷醉，我想，这个世界上也许再也没有第二个像木天这样懂得我心的人，也许他永远也不会知道双鱼就是夏奈，可是这又有什么关系呢，有一个人可以这样地懂你，这样认真地来读你的信和你的心情，应该算得上是幸福的吧。

我只是没有告诉唐池这些，说真的，我怕她会笑话我。

我很认真地读书，快中考的时候成绩一天天地上涨，妈妈的脸色大有缓和，我知道她会在心里说我是浪子回头金不换，我们

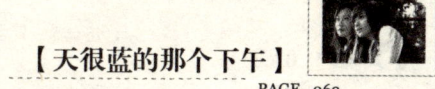

【天很蓝的那个下午】

之间的话仍然不多,但也不会再吵架,她也不会在夜里不敲门就忽然闯进我的房间或趁我不在的时候在我的房间里胡翻乱翻,争取到这样的权利,我觉得已经足够。

我对自己说,好好念书考个好高中考个好大学,也许我不可能像唐池那样出色,但也应该有一份完完全全属于自己的快乐人生吧。

带着这样的思想,中考来了又结束了。谢天谢地,我的成绩还不错,顺利地升上了本校的高中部。唐池的分数差了一点点,不过作为特长生也留在我们学校。我们不用分开了,高兴得拉着手在大太阳下直蹦。

暑假里我们班十几个同学有次小型的聚会,是在我们班最富有的同学叶琛的家里。叶琛家的房子是一幢小洋楼,一共三层,第三层还有个舞厅,可以唱歌也可以跳舞。早听说她家有的是钱,不过同学三年,这还是我们第一次去她家。因为叶琛说要出国了,是去美国,平时趾高气扬的她忽然变得很念旧,把家里好吃的东西都统统搬出来不说,唱歌的时候,还唱着唱着就哽咽了嗓子。

唐池推推我:"叶琛唱歌真难听,不哭可能会好些。"

"那你上去显显宝啊。"唐池唱歌不错,声音好听还不会走调。

"我才不!"唐池矫情地说,"没有一千观众我才不开口。"

我臭她老远。

Story 01

我们仰起头,看那金色的太阳,还有那田野上清香的气息   064

【天很蓝的那个下午】

再接下来唱歌的是林家明,老天,他居然说要把一首叫《I Believe》的歌送给夏奈,希望夏奈会喜欢。

大家哄叫起来,叫得最响的就是唐池。

那是热过一阵的韩国电影《我的野蛮女友》的主题曲,我其实蛮喜欢的,没想到林家明唱起韩语来还真是有点像模像样,很深情的一首歌,唱到最后林家明竟然有些嘶吼,唐池悄声说:"夏奈啊,纵是铁石心肠也该肝肠寸断哩。"

说真的,我一向瞧不起林家明,可我没想到他竟会这么大胆地表达他心中的感情,这多多少少让我对林家明有了些新的看法。

就是在那一天,从叶琛家出来后,那天我忽然很想去看看木天,因为我很久都没有看到过他了。不过他的模样在我的记忆里一直非常清晰,个子不算高的男生,看上去有一丝带有贵族气质的忧郁,当他笑的时候,你会想到梁朝伟。

暑假里电台管得很严,不让学生轻易地上去,在我的百般恳求下,守门的警察才替我打了木天的电话,告诉他有人在门口等他。

没过多久,木天下来了,看到是我,他的脸上露出些许尴尬的神情,把我拉到一边后他问我:"你怎么又来了?"

"我……"我结结巴巴地说,"我好久没来过了。"

"考完试了吧?"他问我。

"对啊对啊,我就是来告诉你,我考上我们学校高中部了,我和唐池一起考上了,要知道这可不容易。"

"那是挺好。"木天笑着说,"不过你以后还是尽量少来这里吧,你妈妈她好像不太喜欢你听我的节目……"

我的脑子乱哄哄地响成一团,我在瞬间明白了一个事实,我妈妈她居然找过木天了,难怪她现在从不在这件事情上与我再纠缠。我恍恍惚惚地问木天:"我妈妈都跟你说什么了?"

"也没说什么。"木天咬咬嘴唇说,"如果你妈妈不喜欢你听电台的节目,我想你还是少听为好。"

我看着他,简直不明白他在说什么。

然后他补充说:"如果你妈妈反映到台长那里说我带坏你就惨了,我们台长最反感的就是这个,我想你还是不要给我惹麻烦了。你说呢?"

我一句话也说不出来,然后我转身就走了。那是个天很蓝很蓝的下午,我在大街上一路狂奔,硬是将眼泪逼了回去。

我从此不再听木天的节目,他的懦弱和自私推翻了我对青春的很多美好的设想,还有我的母亲,她背着我所做过的一切我永远都没法做到原谅。

这一切我都没有告诉唐池,我只是换了一个ID上网和雨辰聊了聊,我把我和木天之间的种种都告诉了她,雨辰充满怜爱地对我说:"成长就是这样,痛并快乐着,亲爱的你得接受这个世界带给你的所有伤害,然后无所畏惧地长大。"

"谢谢雨辰。"我说,"原来认识一个人是如此痛苦的事。"

"会好起来的,相信我。这是代价,也是收获。"

我谢谢她,很礼貌地与她告别,她答应我,有空会替我写一篇小说。"你希望我在小说里用什么样的名字呢?"她问我。

"消失的双鱼吧。"我说,然后我下了线。

是的,消失的双鱼,木天将永远也收不到双鱼的信了,永远也不会知道原来双鱼就是夏奈。对他来讲,不知道会不会也算是一种遗憾?

漫长而寂寥的暑假,除了上网就是看电视,唐池比我忙,她有画也画不完的画,可以挣到挣也挣不完的钱,在她不好意思地拒绝了和我一起上街逛逛的请求后,我接到了林家明的电话,他约我一起去爬山。

我没好气地说:"这么热的天爬什么山?"

"山里很凉爽的。"林家明说,"我们可以跟旅行团坐车,当天就可以来回。"

也许真是寂寞得发疯了,我答应了他。

无可否认的是,那是一次相当愉快的旅行,山里的空气很新鲜,阳光曲曲折折地照进来,让人感觉像是秋天,林家明背了一个大包,里面全是吃的,每走一小段都递上来给我吃。我想起唐池关于有钱后的一个愿望,就是找个大帅哥替她背着旅行袋去环游世界,忍不住笑了起来。

"笑什么呢?"林家明说,"初三后好像就很少看你笑了。"

"不开心怎么笑得出来!"

"那你现在是开心喽?"他说。

"还行。"

"夏奈,你与众不同。"林家明说,"从我第一眼看到你就觉得你与众不同。"

"别拍我马屁,我可不领情。"我板着脸,迎着头上四散下来的金色阳光。

"你不会忘了我吧?"林家明担心地说,"以后我们不在一个学校了。"

"不会。"我很认真地说。

"我会想念你。"他傻傻而动情地说。

四周的树叶沙沙作响,我看着林家明,这个我从来就没有喜欢过的林家明,然后我想到了木天,如果是他对我说这句话我会怎么样呢?

在那个天很蓝的下午,彻底的告别后,木天到底会不会想念双鱼呢?

然后我听到自己用冷冷的声音对林家明说:"走吧,我们该回去了。"

暑假终于过去,高中生活按部就班地开始,那是一个奇怪的阳光灿烂的秋天,天一直暖和而舒适,学校里进行了一翻修整,显得更加漂亮了。唯一的遗憾是我和唐池不在一个班,当然也不再是同桌了。

我的同桌换成了一个呆头呆脑的小白脸男生,说起话来细声细气,让人恨不得在他的背上打上一拳,看看可不可以把他的声带给打粗些。不过他成绩还行,考数学的时候,他会把试卷悄悄地递过来给我看答案,作为交换,考英语单词的时候我也会多多地照顾他。

上午第一堂课刚下,唐池的脑袋瓜就从我们教室门口伸进来。我三步并作两步地跑出去,她做出一副一日不见如隔三秋的肉麻表情对我说:"哇,想死你了。"

"找个新欢,"我拿她开心,"你就不必承受思念之苦啦。"

"那可不行!"她抱抱我,"今生今世只爱你。"

我做呕吐状。她笑得天花乱坠。

由于是本校直升的,我们在学校也可以耍耍老资格,到食堂打饭的时候插插队,走过操场的时候背挺得老直老直,做课间操的时候手脚懒洋洋,看初中部的女生的时候斜着眼,甚至,用脚一下踢开黄豆豆画室的门。

当然这事儿是唐池干的,黄豆豆在惊天动地的踹门声中抬起头来,问唐池说:"抽风啊,有没有礼貌?"

"嘿嘿嘿嘿。"唐池说,"老黄我兴奋啊,实在是兴奋,原谅原谅哦。"

"又有银子挣了?"看来黄豆豆比我还要了解她。

"是呀是呀,雨辰又让我画插图啦,她上本书卖得不错,读者对我的插画好评如潮啊!"唐池眉飞色舞地自卖自夸。

Story 01

我们仰起头，看那金色的太阳，还有那田野上清香的气息　　070

"那要请客啊。"黄豆豆说。

"No Problem!"唐池财大气粗地说,"想吃什么尽管提!"

"对了,一幅图给你多少?"

"以前三十,这次八十。"

"你们这一代真有机遇,"黄豆豆由衷地说,"出名要趁早,说得一点也没错。"

"你怎么有点酸溜溜的。"我笑黄豆豆。

"喂!不许诋毁我的偶像啊,人家这是淡泊名利,你懂不懂?"唐池赶快跳出来替黄豆豆做主,这么多年了,她始终这样,一遇到黄豆豆的事就马上和我解除统一阵线联盟,没劲得要命。

"别拍我马屁。"黄豆豆说,"我马上要组织一批作品参加全省的中学生绘画比赛,我要你全力以赴,争取拿个大奖回来。"

"是。"唐池立正说,"绝不辜负领导重望。"

可是我没想到唐池又要我做模特儿。

初二的时候唐池曾经替我画过一幅画,那幅画画得不错,一直挂在黄豆豆的画室的墙上,但为了那幅画我可吃尽了苦头,坐在那里好几个小时动也不能动,现在,要让我再坐,我可不愿意。

我说:"拉倒吧,别画我,我老太婆了有什么好画的。"

"我会画出和上次完全不同的感觉,夏奈我要的就是你现在的这种感觉,你脸上的每一丝表情都让我有创作的冲动。"

"坐不住了。"我说。

"不让你坐，一切都在我心里。"唐池说，"相信我，我会画出最美的一幅画来。"

"你不如画风景。"我乱建议。

"哈哈，那我不如收笔。"听唐池的口气，她好像已经是名扬海内外的大画家了。

真不是一般的显摆，不过如果不用坐在那里受罪，那就让她画去好了，没准我还会被她捧为最红的模特儿呢。

我从玻璃长窗里看到他骑车过来

再到车库里停车

再急冲冲地冲进来

一直到他坐到我面前

在我心里温柔地想

其实他还是很关心我的

如果我真的一个朋友也没有了

最低限度还有他师长一般的关心温暖着我　不是吗

一些生气的理由

【一些生气的理由】

高一的时候,我忽然一不小心成了名人。

初一的小妹妹拿着雨辰的新书来请我签字,说是没有雨辰的签名有我的也是一样的。还要求我在书的扉页上替她画上两笔。

我这人一向没架子,再说她留着很可爱的童花头,所以我一一地满足她的要求。她笑呵呵地问我是不是见过雨辰了,她是不是很漂亮。

我摇着头说没有呢,我到现在都不知道雨辰到底是什么样子的。

"啊?"她吃惊地说,"那你怎么可以给她的书画插图呢?"

"我们通过网络交流。"

她露出恍然大悟的样子:"哦,原来你们是网友啊,那你是不是常常上网聊天啊,你觉得上网聊天好不好?你会不会网恋呢?"

一连串的问题,似小记者。

我拍拍她的童花头说:"姐姐可没空常常聊天。"

"那你忙什么?"

"画画啦,读书啦,和好朋友一起玩啦。总之,高一是很忙的。"

她点点头，拿着书万分崇拜地离去。夏奈笑得站都站不住："唐池哦，名人架子摆得真足哦。"紧接着她捏了嗓子模仿我的腔调："总之我的业余生活很丰富，画画啦，读书啦……哈哈哈哈。"她笑得前仰后合。

我也笑，我也觉得自己刚才很滑稽。

所以说到底，我是一个老实巴交的人，就算以后更加地出名，我也一定还是这个样子。

我老妈说，我的运气真的是不错，而且她还找人替我算了命，说我一定会这样顺风顺水地好运下去。我虽然不迷信，可是谁会不喜欢自己好运呢？

这时我和夏奈已经不在一个班读书了，我们中间隔着两间教室，每到课间的时候，楼梯口就成为我俩聊天和聚会的最佳场所。夏奈在那个秋天剪了个很适合她的很有层次的发型，不长也不短，衬得她的脸型更加地好看。那些日子她一直穿着高领的羊毛衫和洗得发白的左丹奴的牛仔裤，和我说话的时候，颀长的腿斜斜地靠在栏杆上，路过的男生女生都忍不住多看她一眼。

我说："听说你被评成班花啦？"

"有这事吗？"夏奈说，"怎么不是校花？"

"知足常乐啦。"我安慰她。

她上上下下地打量我一下说："说真的，唐池你好歹也算是个画家了，能不能稍微注意一下你自己的形象？"

"怎么我形象不好吗？"我问她。

"岂止不好，简直糟糕。"

"那我应该怎样？"我虚心请教。

"有没有搞错？居然来问我。你画的那些女生不是一个比一个美吗？"她笑着说，"要我说呢，我觉得你应该留长头发，穿粗布的长衣服，有洞的脏牛仔裤。咬着画笔在校园里走来走去地寻找灵感！"

知道她是在拿我寻开心，我懒得再理她。上课铃响得也正是时候，我死命地捏她的漂亮脸蛋一下，然后飞奔回教室。

刚坐下身后的男生陈有趣就向我打听说："刚刚和你在楼梯口聊天的那个是你好朋友啊，你们怎么一有空就粘在一起？"

我转回头说："想认识她要排队，在我这里先预约登记。"

"那我排多少号？"他问我。

"一千零八十八号。"

"我晕。"陈有趣说，"你是她的经纪人吗？你别忘了我叫陈有趣，全世界最有趣的人，考虑我加个塞儿啦？"

"看你表现吧。"我给他打气，"有志者，事竟成。"

"我这就泡制情书。"陈有趣没脸没皮地说。

看样子，越来越漂亮的夏奈真的有望成为大众情人了。

不过据我所知，谁也比不过林家明的痴情，他三天两头给夏奈写封信，一有空就到雨辰的聊天室里待着渴望看到她。

可惜的是夏奈的心是石头做的，好像一点也不会感动一样。

不知道为什么,她甚至连木天的节目都不听了,我有一次说到木天,她居然问我说:"木天,谁是木天?"

搞不清她是真忘还是假忘,反正酷得一塌糊涂。

所以说,我后面那呆小子还是趁早死了心的好,管你是陈有趣陈有钱还是陈有心陈有意,都没一丁点儿用。

"朱莎"事件后我和黄豆豆之间的接触也较之以前少了许多。这个有性格的女生很成功地炒作了一场根本就不存在的"师生恋",在她离校的前一天,无数的人都看到了她贴在校门口的一张海报,是她自己画的,那张海报设计得美轮美奂,上面写着斗大的六个字:"黄豆豆,我爱你!"

这件事对黄豆豆的影响非常大,就连我也被叫到教务处去问了话,那个不知道是什么职务的老师板着脸问我说:"黄老师平时都跟你们说些什么?"

"如何画好每一张画。"我说,"他是个好老师。"

"就这样吗?"那个人显然不满意我的答复。

"还能怎么样呢?"我说,"朱莎是疯子,她变态的。"

"你别跟我说朱莎,我在跟你说黄老师,你不要转移话题。"

我觉得这根本就是一个话题,可是他看上去很凶,我不敢跟他顶嘴,于是我就闭了嘴一句话也不说。

等到最后他不耐烦了,居然问我:"黄老师有没有对你动手动脚过?"

这都是什么问题啊,我觉得这简直是对黄豆豆巨大的侮辱,

【 一些生气的理由 】

我的脸腾地红了，他却不依不饶地问我说："说啊，不用怕，学校会为你们做主。"

"我只想说黄老师是个好老师。"我勇敢地看着他说，"希望你们不要误会他。"

"你知道撒谎的代价吗？"他恐吓我说，"你会被学校开除的。"

"可是我没有撒谎。"我说，"信不信由你。"

后来我才知道，除了我，几乎所有常去画室的男女同学都被叫过去问过话，因为黄豆豆的确是一个好老师，相信没有一个学生不替黄豆豆说话，清者自清，这件事终于不了了之，那个对黄豆豆妒火中烧，恨不得置他于死地的教务处的老师也在新学期里调去了别的学校。

可是我还是减少了去黄豆豆那里的次数，我觉得夏奈说得对，少给他惹麻烦，也是尊重他的方式之一。

或者说，我也不太敢过多地去见他了，我的心里开始有一种若有若无的恐惧，至于是恐惧什么，我也说不上来。

"你是恐惧自己爱上他。"夏奈评价说。

我去捂她的嘴，我怕她说出更可怕的话来。

我想，就算是我真的爱上了黄豆豆，我也绝不会像朱莎那样丢人现眼。

说到朱莎，我还是前不久听黄豆豆提起，说她最终没有考上美院，也不打算复读，而是去了一家文具店站柜台。

【一些生气的理由】

我没有去过那家文具店,但我可以想象朱莎站柜台的样子,那个老板肯请她,脑子不是短路了就是进水了。

再见到朱莎是在一次画展,那次画展是黄豆豆带我去的,同去的还有其他两三个同学。朱莎胸口别着工作证,看样子在这里做服务工作,看到我们,她迎上来,耸耸肩,很公式化地说:"请跟我来。"

黄豆豆和她走在前面,我听到他问她:"不用上班吗?"

"辞了。"朱莎满不在乎地说,"两个月换三个工作,换得我头疼,还是做点自己喜欢的事情好。"

"也好,在这里干干就挺不错。"

"好个屁!"朱莎粗鲁地说,"画展一完我又得歇着,要不您找点活儿给我干吧,好事不要都便宜你的得意门生对不对?"说完,回过头来,瞟我一眼。

"你是说唐池?"黄豆豆说,"那些机会可都是她自己争取的。"

"越描越黑。"朱莎扁扁嘴,这时我们已经走到大厅里,朱莎指指四周说:"欢迎随便参观。"

我拉开黄豆豆,低声说:"你还理她做什么?她给你惹的麻烦还不够多吗?"

黄豆豆打着哈哈批评我说:"别老是耿耿于怀了,一些小事嘛,忘掉最好。"

这次的画展展示的是我市中青年画家近年来的好作品,黄豆豆也有两幅画参展,放在展厅里很显眼的位置。没过一会儿,他就被主办单位拉去接受采访了,他的表情很滑稽,如同要被送上刑场一般,同去的一个男生同情地对他说:"没事儿,镜头一晃就过去了,多提提我们学校哇,提提我也行。"

我暗暗地笑,向他甩去一个OK的手势。

我们去得比较早,来得人还不是太多,整个大厅里显得空荡荡的。我站在那里看黄豆豆的画,忽然发现朱莎也站在黄豆豆的画前,她看得是那么那么的入神,以致于脸上都焕发出一种奇异的色彩来。

"你是不是喜欢他?"隔着一张画的距离,她问我。

"是。"我毫不避讳地说,"我仰慕他。"

"小小年纪懂什么叫仰慕?"她嗤之以鼻。

"最起码我懂得如何尊重和不伤害别人。"

"他还好吗?"朱莎的口气忽然软下去,她走近我问,"我知道上次的事情给他带来一些麻烦,没事吧?"

"有没有事都与你无关。"我硬硬地说。

"告诉他我很抱歉。"朱莎说,"请你一定要告诉他。"

说完,她解下胸口的工作证,转身朝着大门口走去。

我想了想,追上去说:"你干吗要走?这个工作不打算干了吗?如果要说抱歉,你要你亲口对他说才对啊。"

"我不想再见到他。"朱莎的眼睛里立刻充满了泪水,"你这个笨蛋,你知不知道你一直想见一直想见的却一直见不到的

【 一些生气的理由 】

人，当他忽然出现在你面前的时候你会招架不住？"

我傻傻地站在那里，好半天才挤出一句话来："过去的都过去了，他不会恨你的，你们还可以做朋友的呀。"

"你是个傻丫头。"朱莎忽然笑了，"我嫉妒你就是因为你这么傻，可是他居然看重你，他也真是够傻。你们是天造地设的一双。"

她这人就是这样，说着说着就胡说。夏奈又不在场，我可没把握说得过她，于是只好说道："随便你。"她把工作证甩到地下，毅然离去。

我不再有心思看任何一张画。

我在回去的车上跟黄豆豆提起朱莎，黄豆豆忽然想起来："对啊，她人怎么一晃就不见了呢？"

"她走了。"我说。

"为什么？"

"因为她怕见到你。"

"说什么呢？"黄豆豆不愿意再说下去了，眼睛看着车窗外的风景。

"下一站我要下了。"我对黄豆豆说，"也许你应该去劝劝朱莎，她可以再考美院的，或者再复读也行。"

黄豆豆微笑着说："好啊，你自己回家小心。"

我都十六岁了，可是他跟我说话却像我是小孩子。他表情沉稳，不论说到什么事情都是那种处变不惊的样子。无论承认不承

【一些生气的理由】

认,我知道我和他之间都永远隔着一条岁月的河,纵使拨开两岸的烟雾,也永远都不可能走到一起。

我带着一种复杂的心情有些沮丧地下了车,然后我决定去夏奈家。这么多年来,夏奈好像已经成为我的安定剂,有什么不开心的事,总是第一个想到她。好在她家和我家隔得并不是太远,走十分钟路就可以到了。

我去的时候,她一个人在家,正趴在沙发上看DVD。

这是她最大的爱好,什么样的新片老片都如数家珍,她说她将来最想做的事情是做大厦管理员,因为他们的大厦管理员就天天在值班室看电视来着。

她家的沙发又大又软,我也一头倒在她家沙发上:"一个人真是痛快啊,怎么你爸爸妈妈都不在吗?"

"对啊。"她递给我一包薯条说,"难得老虎不在家,猴子称称霸王。不然我现在还不得乖乖地看书去。"

"在看什么片子?"

"老片子,《玫瑰的故事》。"夏奈说,"我在校门口那家店淘到的,经典啊,看十次都值!"

屏幕上,一个很大的露台,张曼玉娇俏地笑着,正在替周润发擦眼镜,夜空里是满天的灿烂繁星。我知道夏奈,她就喜欢这种情调的东西。

"画展怎么样,和黄豆豆携手同游是否快活似神仙?"她问我。

"我看到朱莎了。"我说。

"呀,那岂不是半路杀出个程咬金?"

"我忽然不恨她了。"我说,"我觉得她挺可怜。"

夏奈啪一下关掉了电视:"不会吧,你没有发烧吧。"

"没有。"我说,"你要是看到她站在黄豆豆画前的那副表情,你也不会再恨她的,真的,也许喜欢一个人就是这么苦,这么可怜。"

"你在说你自己吧。"夏奈抢过我手里的薯条咯嘣咯嘣地咬起来。她吃东西的声音真是响,什么样的零食给她吃起来你都感觉到是山珍海味。

"我和朱莎是不一样的。"我说。

她并不信,看着我意味深长地笑。就在这个时候电话响了,电话在我边上,夏奈又是满手的油,于是示意我接。

我接起来,没猜错的话是林家明,声音又哑又急,在那边问:"夏奈在吗?"

"在。"我憋住嗓门说。

"是你吗?声音怎么了?"

"是我啊。"我忍不住笑起来,夏奈来抢我手中的听筒,我硬是不给,争抢中听到林家明在那边说,"要不要再去爬山啊?我这边找到车子,我们又可以跟着去了。"

夏奈终于把听筒抢到了手里,她很凶地对着听筒喊道:"我说过你不要打电话到我家里来你听到没有!"

【一些生气的理由】

电话被她飞速地挂掉了。

我脸色微变,看着她说:"你和林家明一起去爬过山?"

"是啊。"她满不在乎地说。

"什么时候的事?"

"老早啦。"她看着我说,"你怎么了,陈年旧事还提它干啥?"

"可是我都不知道。"我伤心地说,"为什么你不告诉我?"

"唐池你有没有搞清楚,是不是我吃喝拉撒都要告诉你?"她的语气也变得严厉起来,"拜托你不要这么无聊好不好?"

我看着她,不相信这话出自于她口中。

要知道我对她从来都是无话不说的啊,我早上吃了一个鸡蛋饼,黄豆豆换了一双新鞋,我们班某个女生的裙子在上体育课的时候关键的部位忽然拉开了一道口子……我从不犹豫地和她分享着我生命中的每一个芝麻绿豆般的小细节,从不怀疑地把她当作我一生一世唯一的好知己,我怎么也无法接受她有事情不告诉我的这个事实。

何况这件事,是关于她和一个男生。

她不是一直都不喜欢林家明吗?为什么又要和他一起去爬山。只是他们俩一起去爬山的吗?到底都说了些什么或是做了些什么呢?

为什么?为什么她要瞒着我?

我从沙发上拿起我的包,默默地站起身来准备离开。

"唐池。"夏奈叫我说,"如果你为此而生气,那么你就是白痴。"

她很久没骂过我白痴了,也许在她的心里,我一直就是一个白痴吧,我拉开了她的门,头也不回地冲了出去。

大街上是明晃晃的阳光,都快到冬天了,还有这么该死的明晃晃的阳光。我在公用电话亭打通了黄豆豆的手机,然后我对着那个肮脏的听筒哇地一声哭了出来。

半小时后,黄豆豆和我坐在了友谊商场底层的茶座里。

我从玻璃长窗里看到他骑车过来,再到车库里停车,再急冲冲地冲进来,一直到他坐到我面前。在我心里温柔地想,其实他还是很关心我的,如果我真的一个朋友也没有了,最低限度还有他师长一般的关心温暖着我,不是吗?

"怎么了?"黄豆豆说,"到底出什么事了,电话里你又不肯说。"

"我感觉我被骗了。"我说。

"被谁?"

"你有过好朋友吗?"我问他,"两个人,是密不透风的那种。"

"你是指你和夏奈?"他说,"你和夏奈怎么了?"

"其实也没怎么。我只是认清了一些事实而已。"我也不知道自己怎么会变得这么的脆弱,一面说一面眼泪就流了下来。

"呵呵。"黄豆豆说,"要是给人看见,我可是跳进黄河也洗不清了。"

听他这么一说，我赶紧抹掉了眼泪，说："谢谢你能来，我现在感觉好多了。"

"好朋友吵吵架正常，你不要放在心上，人和人之间就是这个样子的啦，越吵感情越好。"

他不知道，我跟夏奈，其实根本就没有吵架。

"你有女朋友吗？"我问他，"你和她吵架吗？"

"我哪能跟你们一样，我是成人呢。"他耍滑头，又不正面回答我的问题。

"你一定在想我耍滑头。"他胸有成竹地笑着说。反倒弄得我不好意思起来。离开学校的那间画室，黄豆豆显得更加的放松和机智。

见我不说话，他忽然一拍双手说："对了，有个好消息正要告诉你，要不要听？"

"什么好消息？"

"先把眼泪擦擦干，我告诉你。"

"要说就说，不说拉倒！"我使起小性子来。

"怕了你了。"黄豆豆把身子往前一倾，高兴地对我说："你获奖了！"

"啊？"

"你送到省里去比赛的那幅画，得了金奖！"

"真的！"我高兴得差点跳起来。我那幅画叫《少女》，

Story 01

他永远也不会知道,双鱼就是夏奈

【一些生气的理由】

画的是夏奈，题材看上去是老了些，但黄豆豆当时一看就说很有可能获奖，他还说，夏奈的表情为"少女"两个字做了最好的诠释。

"要好好庆祝一下啊。"黄豆豆说，"唐池我看准你了，你在画画方面真的很有灵气，好好努力，一定会有希望的。"

"我也不在乎名和利的。这些比起友情来，其实也是微不足道。"一想到夏奈，我的心里就划过一阵没命的伤心。

"你呀。"黄豆豆责备地说，"现在气成这样，明天保证又和她勾肩搭背的啦。"

"那你说句公道话，好朋友之间是不是不应该有所隐瞒，是不是应该坦诚相待？"

"从某种角度来说是这样，可是人是个体的，保持个人的一些空间也很重要啊。"我问得诚恳，黄豆豆答得也诚恳。

"你真这么想吗？"

"当然是真的。"黄豆豆说，"朋友是这样，恋人、夫妻其实都是这样。"

我很真诚地向他道谢。他笑着说："以后别再这样吓我就行，我还以为天大的事呢。"

"你着急？"我问。

"废话！"他呵斥我。

和黄豆豆告别后我找公用电话打夏奈家电话，过了好久她才来接。我支吾着没话找话："是我呃，你在干吗？"

"在等你消气。"她说。

"对不起。"我说,"是我小题大做了些。"

"唔。"

"我请你吃炒栗子吧,明天。"

"唔。"

"哦,还有,我得奖了,画你的那幅画,是金奖。"

"唔。"

"说声恭喜会不会啊?"

"恭喜你!"她的声音差点刺破我的耳膜,然后我听到她咕咕地笑了起来。

我知道她不会真的介意。可是我还是有点介意,真的,我不敢去想,在我掏心掏肝的同时,她到底还有多少事情是我所不知道的。

在唐池的哭声里黄昏渐渐地来了

夏的黄昏美得有些不可思议

脚底的青草散发出一种迷离的香味

唐池依偎着我　我轻轻地拍着她

我疑心她睡着了

这可怜的孩子正在疗伤

我知道我此时最应该做的事情是沉默

一些总会不经意犯的错

【一些总会不经意犯的错】

唐池上了电视。

她这次比我小学五年级那次搞得还大,上的是省电视台呢。节目是唐池去省里领奖的那天录制好的,她老早就告诉我播出的时间,提醒我到那时候一定要看。

那晚我们全家坐在一起看唐池。那是一个不大的演播室,台上坐着四个获奖选手,唐池抱着奖杯坐在正中间,一看到她出镜我就扑哧一声笑了起来,她在电视上显得胖一些,还有些紧张,因为紧张,所以眼神游移不定。

主持人也是个中学生,一看就是半路出家,问的问题都很老套,比如:"你什么时候喜欢上美术的啊?"

"三岁。"唐池说,"我妈妈说我三岁的时候拿上了画笔就舍不得放下了。"

"那就算是天才哦。"主持人很夸张地表扬她,唐池的脸上哗地笑出一朵花来。

"这次拿到全省中学生绘画比赛的大奖,请问你最大的感受是什么?"

"很意外啦。"唐池要命地拖起港台腔来,"不过我真的要好好谢谢我的指导老师黄豆豆,他给我很多的意见。还要谢谢我的好朋友也是我画中的主要人物夏奈,是她给了我创作的灵感,当然还要谢谢我妈妈,她一直非常地支持我……"

人家得了奥斯卡都没她那么啰嗦。

电视的镜头扫到唐池的那幅画,上面是我微侧的大头,穿一件纯白色的高领羊毛衫,金黄色的向日葵在我身后艳艳地开放。我妈妈叫起来说:"呀,真的是很好看,唐池这丫头有两下子嘛。"

"是我们家丫头长得漂亮,比你当年强多了。"爸爸贼高兴的样子。

"啊呸!"妈妈很凶地啐他说,"就只知道漂亮,姑娘家除了漂亮还要有知识,有知识才有气质,光有漂亮有啥用!"

我当然知道这话是说给我听的。

好在电话适时地响了起来,是唐池。我冲妈妈一挤眼,跑到我小房间里去接。

"你看到了?"唐池惨兮兮地说,"你看到我在电视上的惨样啦?"

"很风光啊。"我说。

"去,胖得像猪仔。那个摄影师真是猪啊,怎么老对着我从下往上拍呢?"

"挺好的挺好的,你这下更是要出名啦。"

"嘿嘿,要不要我给你签个名啊?"说到出名她还是挺来劲

【一些总会不经意犯的错】

的,一下子就把刚才困扰她的关于形象的问题给全忘光了。

其实我觉得唐池也挺漂亮的,就是在穿着打扮上羞涩得离谱,一点也不像人家别的那些爱画画的小姑娘。要是哪天穿件新衣服来上学,她就会浑身不自在,总觉得全世界的人都会盯着她看。在这一点上,你纵是跟她说破了嘴皮也没用。

"睡个好觉吧,大名人。"我友情提醒她,"要保存好体力,当心明天到学校签名签到手软呵。"

"对哦对哦。亲爱的再见。"她在那边很响亮地吻我,我发出夸张的呕吐声挂了电话,隐约还听到她在电话那头发出的银铃般的笑声。

唐池是个明快而坦荡的孩子,在这一点上,我自知不如她。

第二天我起得早,初夏是我最喜欢的季节,天不冷也不热,阳光让人感觉温暖轻松,空气也分外的清新。快到学校的时候,我的自行车篓子里忽然飞进来一封信。一个男生吹着口哨从我边上斜斜地插了过去,车速飞快。

我认得他,他是唐池班上的,叫陈有趣。

我在早读课的时候打开那封信来看,信很长,故作的幽默,我怀疑他是在网上COPY来的,信的全文如下:

  夏奈同学你好,自从我第一眼看到你,你就如同一缕清新的阳光照亮了我的生命。

  每天每天,我的眼睛盯在课本上,我的神早已乘着你的巧笑去遨游。待到时光悄悄溜走,猛然醒悟,发觉

【一些总会不经意犯的错】

课本没看，笔记没复习，单词也没背，呜呼，一事未成！惜乎悔之晚矣。我想，这是你害我的。所谓"冤有头，债有主"，我自然要向你讨还！所以，我决定追求你！

中国人的传统观念，讲究"才子配佳人"。我虽非才子，而你却是实在的佳人。照理本不该冒昧打扰，但又寻思自己还年青，也许将来能够成为才子也未可知，所以不妨暂时装一回准才子，并且私下里认为准才子追求佳人也算不得唐突佳人了。呵呵。

如果你觉得本人还有相识的意义，请于本周六晚7:00在学校后面的小竹林见面。提请美眉注意，沿途若有接待，纯属假冒，请自己乘11路公共汽车，向校内走200米即到。届时本人将上身着一绿色西装，下身穿一红色短裤，头戴一顶瓜皮小帽，脚蹬一双高腰马靴，左手持一本《情爱幽幽》，右手握一卷《女生天地》。诸般特征，望牢记在心，切勿错认他人。

我想，像你这样美丽善良、温柔体贴、善解人意的女孩，就算不来，也一定不会把我这封信透露给他人，更不会拿出去炫耀吧。我那所谓的一点点小小的脆弱的自尊心就全都握在你的手里了，希望你别损伤了它。多谢多谢。

此致

男生对女生最神圣最虔诚的敬礼!

        你诚挚的朋友：陈有趣
        草于猴年马月猪日

  我潦草地看完它，顺手揉成了一团，扔到了窗外。

  同桌的男生问我说："又收到情书了，夏奈？"

  "你怎么知道是情书，难道是你写的吗？"我同桌长得白白净净，可笑的是人也姓白，于是大家都叫他小白。

  听起来，像一条哈巴狗的名字。

  小白胸有成竹地说："你每隔两天往外面扔一纸团，不是情书会是什么？"

  我不知道他这是什么强盗逻辑，扔纸团和收情书有什么必然的联系吗？不过我不想跟他斗嘴，上了高中后，我变成了一个没棱没角的冷漠女生。

  用唐池的话来说，我酷得地球整体降温五度。

  就在这时，看到黄豆豆在教室外面朝我招手。我疑惑地看着他，他继续招，于是我只好放下手中的英语书走了出去。

  "在早读啊？"黄豆豆说，"有件事情想找你。"

  "唐池……"我指指另一间教室说，"她在高一（四）班。"

  黄豆豆笑了："我的表达能力应该没有问题吧，我是说，我找你。"

【一些总会不经意犯的错】
PAGE 101

"找我？"

"对啊，我替你跟老师请过假了，你现在跟我去我画室一趟好不好？"

我点点头，满腹狐疑地跟在他身后，在路上，他问我："对了，昨晚唐池上电视你看到没有啊？"

"看了。"我说，"我要是不看她还不杀了我。"

"呵呵，你当然要捧场啦。"黄豆豆说，"我们学校领导也很高兴啊，唐池给我们学校争了光，他们还说要给唐池发奖金呢。"

"哇，还嫌她不够富啊。"我不满，"对了，到底什么事找我呀？"

"到了不就知道了？"黄豆豆还挺会卖关子。

走进画室，一个我从没见过的陌生人站起身来，热情地伸出手来要跟我握手："这就是夏奈吧，比画上还要漂亮！"

我很拘谨地碰了一下他的指尖。

"坐吧。"黄豆豆招呼我说，"这是我的好朋友简，他是搞摄影的，昨晚看了电视，今天特地来想见见你。"

"哦？"我丈二和尚摸不到头脑。

"还是让我来说吧。"那个叫简的人看上去非常干脆，"我正在替一家知名的青春杂志拍一组少女的照片，想请你做模特，行吗？"

"可是……我从来没有做过这方面的事。"

【 一些总会不经意犯的错 】

"我们不需要你的经验,少女最佳的表现就是天然,昨天我只是见到画上的你,今天看到你本人,我更加的有信心了。"他咧嘴大笑,像只可爱的青蛙。

"那需要我做什么呢?"

"你只需要站到我镜头前就行了。"

"就这么简单?"

"当然也不是你想象的那么简单的。"简笑笑说,"会有些累,不过请你相信我,我会拍出最漂亮的你。"

"就要考试了。"我说。

"我可以等你考完,等到暑假,而且只需要两三天的时间就够了,你看呢?"

"就算是社会实践啦。"黄豆豆插话说,"简的作品是一流的,你看了就会知道了。也算是给自己留个纪念嘛,机会难得哦。"

"你们黄老师说得绝对有道理。"

他们露骨地互相吹捧。一看就是一对死党,如同我和唐池。

我答应他我考虑考虑。

这件事当然是第一个告诉唐池,她一听就跳了起来:"拍,当然拍啊,有没有谈好报酬?不可以因为你是学生就欺负你的哦,要是价太低宁愿放弃也不能掉价哦。这件事我一定要去跟黄豆豆说清楚。"

呵,就像是我的经纪人。

"八字还没一撇呢。"我说,"再说了,我妈多半是不会同意的。"

唐池出馊主意,"瞒着你妈。有什么事我替你罩着。"

但我回家还是把这件事告诉了我妈。当时是在饭桌上,如我所料,我妈一听就叫了起来:"现在社会上骗子不要太多哦,小姑娘家贪慕虚荣,铁定要吃亏上当的!"

"那人是我们美术老师的同学呢。"我说。

"又不是你们美术老师,就算是你们美术老师也不能全相信,反正你别想这些心思,马上就要高二了,好好用功才是真。"

见我不高兴了,她又赶紧补充说:"暑假带你去大连玩吧,你不是一直想去大连吗?"

她有个姑妈在大连,早就叫我们去了。

"不去了。"我说,"马上要高二了,好好用功才是真。"

"你!"这下轮到她气得一句话也说不出来了。爸爸又出来打圆场说:"你也是大姑娘了,什么事好做什么事不好做自己也可以拿主意么,妈妈说什么也都是为你好,还不是怕你上当受骗么。"

结果一顿饭我只喝下一小碗汤,什么胃口都没有了。对于拍照一开始有的好奇心也消失得无影无踪。

第二天早上的课特别的紧,好几堂课老师都拖堂,我一直没机会告诉唐池我不想替简拍什么照片了,到中午的时候我才有时间到她教室去找她。可是她居然不在,陈有趣一见到我,从座位

【一些总会不经意犯的错】

上一跳就出来了:"找我啊,找我还是找唐池啊?"

"你说呢?"我冷冷地问。

"嘿嘿,我的信你看了没有?"从上次那封信起他又给过我好几封信了,我有时拆都懒得拆就撕掉了。

"没看。"我如实说,"唐池人呢?"

"不知道,她上完第三堂课就跑掉了。"陈有趣说,"你做好心理准备啊,你不看我也会继续写下去的,一直写到你不得不看为止哦。"

"唐池有什么事吗?怎么连课都不上?"我才没心思和他扯那些事。

"我们哪里会知道,她现在是名人了,说不定是去接受采访了哦。"

我转身离开,可是我心里总觉得有什么不对劲,唐池不是随便逃课的那种人,她到底做什么去了?

我跑到公用电话亭打她家电话,没人接。于是我去了黄豆豆的画室,画室里只有几个初中的小毛孩在画画,我问他们:"看到唐池没有?"他们均向我摇头。再问黄豆豆呢,说是吃饭去了,到现在还没有回来。我心里的担心开始越来越重,一种不祥的预感在心里慢慢地冒头,一下午的课,我都上得神情恍惚。

就这样一直到放学,我骑车回家,经过小区门口那个小公园的时候,我忽然听到有人在大喊我的名字:"夏奈,夏奈!"

竟是唐池。

我骑着车冲过去说:"喂,你要死啊,一直找不到你,你一个人蹲在这里干什么?"

她抬起头来,眼睛红肿不堪,一看就是哭过的样子。

"你别吓我!"我赶紧跳下车,一把抱住她说,"怎么搞的?到底出了什么事?"

"我做了傻事。"唐池气若游丝地说,"KIKO,我做了傻事,我以后再也没脸回学校去上学了。"

"你倒是说呀,什么事?"我用力摇着她的双肩。

"黄豆豆……我跟黄豆豆……"

黄豆豆黄豆豆,我就知道这事八成不离黄豆豆!我扶她到公园里的木椅子上坐下说:"你慢慢说,黄豆豆要是敢欺负你我就杀了他!"

"我没脸再见他了。"唐池的泪滚滚而下,"他杀掉了我所有的自尊和骄傲,他以为他自己真有多了不起,他一定小看得我要死,KIKO啊KIKO,你知不知道我多恨我自己,朱莎说得对,我真是个傻子,我真恨不得一头撞死才好……"

我只好搂着她的肩,任她发泄。过了好半天,她才道出事情的原委。其实是很简单的事,她拿了奖金,想请黄豆豆到旋转餐厅吃饭,可是黄豆豆没答应。

"呵呵。"我说,"你别为难他,他不答应自然是有他的道理的。"

"我只是聊表谢意啊,可是他却往歪处想。"

【一些总会不经意犯的错】

"你怎么知道他往歪处想?"我没好气地责备她,"你这明明是做贼心虚。"

"他有!"唐池抬起泪眼说,"你知道他跟我说什么吗?他跟我说,唐池,我希望你快快乐乐地长大,不要有那些无谓的烦恼。你说'那些无谓的烦恼'到底是什么意思?他明摆着是瞧不起我,他一定认为我爱他爱得不可救药啦!"

"难道不是不可救药了吗?"我狠狠心说道。

唐池这下没话了,只好抱着我再呜呜地继续哭。

"哭吧哭吧。"我心里想,反正早也是哭晚也是哭,反正注定了是一场失望,是的是的,唐池对黄豆豆就像我与木天,注定了是一场失望。我早就不相信成人了,他们的世界里有太多的规则和太多的利器,一旦你不小心闯进,就注定了是伤痕累累。

在唐池的哭声里,黄昏渐渐地来了,夏的黄昏美得有些不可思议,脚底的青草散发出一种迷离的香味,唐池依偎着我,我轻轻地拍着她,有一阵子,我疑心她睡着了。这可怜的孩子正在疗伤,我知道我此时最应该做的事情是沉默。

第二天是周末,我答应唐池的要求,去黄豆豆家要回她送给黄豆豆的卡。关于送卡的细节唐池是后来补充给我的,原来那天她除了想请黄豆豆吃饭以外,还给黄豆豆送了一张手绘的卡,卡上有五个字:爱地久天长。

我明白,其实这才是唐池所说的"那件傻事"。

"你不许笑话我。"唐池咬咬牙说,"你要是笑话我,我现

Story 01

给夏奈的情书 108

在就去死。"

　　唐池其实并不是那种动不动就要死要活的女孩,今天这样纯属例外,这么多年来,我太了解她了,她此刻一定是为自己的一时冲动悔青了肠子。

　　"安啦。"我对她说,"你放心,我一定替你去要回那张卡,我就说那张卡你本来是要送给我的,我不要,你一气之下才转送给他的。"

　　"你真这么说?可是他会信吗?"

　　"我管他!"

　　"噢,夏奈!"唐池抱紧我,"你快救我,救我于水深火热之中。"

　　我肩负唐池的重任敲响了黄豆豆的家门,这里我从来没来过,唐池给我画了精确的路线图,上帝保佑我没有找错地方。

　　开门的竟是简。

　　他穿着一件灰色的大T恤,趿着拖鞋,头发乱七八糟,一看就是刚从床上爬起来。看到我很高兴地说:"夏奈,怎么会是你?"

　　"我找黄老师。"我说。

　　"进来吧。"他热情地邀我进屋,"老黄有事出去了,很快就回来。"

　　"你们住在一起?"

　　"合租么,很流行的,省钱为主。"他拿出一罐可乐递给我说,"想不想看看我的作品?"

坐着也无聊，我于是点点头。

这个简真是有办法，阳台的一半被他隔成了一个小小的工作室，里面挂满了底片和照片，一不小心就打到你的脸。

简把灯开亮说："看看我的作品，希望你会对我更有信心。"

我仿佛在瞬间进入一个奇妙的世界，简用镜头捕捉下来的每一刻都让我心动不已，比如一个衣衫褴褛的老农牵了一头白羊，老农的衣服是蓝色的，和天空一样，羊是纯白色的，在他们的身后，则是一片金黄的芦苇在迎风飘摇。

我一张张翻过，简直是爱不释手。

虽说我常常看唐池和黄豆豆他们的绘画作品，但我知道，我从未如此地震撼过。

"怎么样？"简在我身后游说我，"你想好没有，让我拍你，让更多的人来见证你美丽的青春。"

我回头看简，他和黄豆豆其实有很大的不同，他有阳光般明朗的笑容，他穿得那么的随意，鼻尖上有细密的汗珠，说着很抒情的话，就像个孩子。

"暑假，给我三天就够了。"他继续说，"你就穿你平日的衣服，我带你去海边，还有山里，还有这片芦苇滩。"

"好。"我身不由己地承诺他。

他很高兴地伸出手指要和我拉勾。我把手背在后面，他被我的窘迫弄得哈哈大笑，我想起在黄豆豆的画室里第一次看到他笑，他笑起来，真的挺像一只青蛙。

【一些总会不经意犯的错】

门铃响了,黄豆豆回来得正是时候,看到我,显然是吃了一惊。

"夏奈是来找你的。不过她刚刚答应我让我替她拍照,你这个老师要做证,别让她反悔。"简说完跟我们说再见,背上他的大摄影包,走得匆匆忙忙。

黄豆豆看着他的背影说:"这个简,一谈到照片就眉飞色舞的。"

"你一谈到画不也是眉飞色舞吗?"

"哦?呵呵。"黄豆豆笑,招呼我说,"你坐啊,老站着干什么?"

"你和简是好朋友?"我坐下,没话找话,思忖着该如何开口。黄豆豆却开门见山了:"唐池,她没事吧?"

"你不应该伤害她。"我说。

"这是迟早的事。"黄豆豆有些无奈地说,"她恨我是迟早的事。"

"其实唐池很单纯的,是你想得太多。你的思想太复杂。"

他被我说得有点不好意思了,好半天才说:"你们这些孩子,真是比我们那时候复杂多了。"

"你没恋爱过吗?"我乘胜追击。

"哈哈。"他打哈哈。

"到底有没有?我是说你十七岁的时候。"

"有。"他说。

"那你就不可以瞧不起唐池。"

"天地良心,我没有。"他举手做投降状。

"我来替唐池要回昨天那张卡,因为那张卡,因为你的拒绝,她觉得从此在你面前低了一等。所以,请你成全她。"

"那么你转告她,我很喜欢那张卡,希望可以作为永远的纪念。"

"什么意思?"

"我要走了。"黄豆豆说,"下学期,我会去沿海的一家学校教书。"

"为什么要走?"我好吃惊。

"允许我有点自己的秘密?"他好脾气地征求我的意见。

"你一定又是失恋了吧。"我毫不客气地说,"像你这样的人,总是被感情左右的,可怜唐池一颗少女的芳心。"

他被我说得笑出来,他居然笑得出来,而我却愁眉苦脸起来了,因为我想破了头也想不出,我该如何告诉唐池黄豆豆就要离开的这个事实。

我心里溅起一阵铺天盖地的浪花

够了 就这样 也应该满足了

走出黄豆豆的家 天色已全暗

迎面吹来的是盛夏干燥的热风

黄豆豆一直送我下楼 他向我伸出手来

再见 唐池

盛夏的双鱼

夏奈最近迷上了摄影。动不动就跟我说起简和他拍的照片。就像当年跟我说起木天和他的节目一样。但我却一直不提黄豆豆了,如果夏奈提到这个名字,我就会很粗鲁地打断她说:"STOP!谁提他我跟谁翻脸!"

"唐池!"夏奈气咻咻地说,"你是我见过的最小心眼的人。你那该死的自尊心真是让人忍无可忍。"

"忍无可忍你也得忍。"我慢吞吞地说,"谁叫你是我好朋友。"

近朱者赤,在她的多年培养下,我也慢慢地学会了她斗嘴皮的本事。她拿我没办法,只好干瞪眼。

课间的时候,陈有趣晃过来,气愤地问我夏奈怎么会找那么老的一个男朋友。

"那人起码有二十五岁。"陈有趣说,"哪有我帅气,夏奈脑子短路了哦。"

"胡说。"我说,"那只是一个朋友。"

"他把手放在她肩上呢。我看不是一般的朋友。"陈有趣说,"就在南郊公园,他背个相机,不停地替她拍照。在学校,我可没见她那么欢快地笑过。"

"是吗？夏奈没有跟我提起。"

快要期末考试的时候雨辰打来电话，要我考完后替她的又一本新作画插图。我惊讶地说："你能不能写慢些，一年写这么多书，小心把脑子写坏啊。"

反正跟雨辰也熟了，不再把她当名人，说起话来也可以没大没小。

"不写才会坏呢。"雨辰说，"听到没有，我相信你这次一定会有更好的创意，我对你有信心！"

"我对自己没信心，一个月不提画笔了。"

"有烦心事？"雨辰真是冰雪聪明。

"可以这么说吧。"我说。

"正常的，十六七岁谁没点烦心事，没有才叫不正常呢。"她下死命令，"放假就干活，小说我会发到你信箱里，越快越好。"

"是。"我说。

"双鱼甲呢？"她最后问我，"她恋爱谈得如何了？"

"她谈恋爱了吗？"

"你们是那么好的朋友，你怎么可能不知道？"雨辰说，"到底是好朋友啊，还替她打埋伏呢，怎么你觉得我很古板吗？"

"不是。"

"放心吧，我劝过她了。"雨辰说，"她答应我会谨慎。"

【盛夏的双鱼】

我的心再一次被夏奈深深地刺痛。这就是夏奈,这就是和我亲亲热热的夏奈,她有了心事,宁愿告诉别人,也不会来向我倾诉。

我真觉得自己好失败。我对雨辰说:"长大真没意思,你说呢?"

"正在长大的人都这么说,其实这才是意思的所在呢。"作家说话就是有哲理,不管懂不懂,反正说得你心里舒坦。不过我并不打算把我和黄豆豆的事情告诉她,我和夏奈是不一样的,我对友情太过于认真和执着,我渴望透明,心里眼里容不下一粒沙,这也许这也正是我比她傻的地方吧。

老妈看出我的不快乐,拉住我说:"念书都念呆了,不念了!跟我一起到超市买点东西回来。"

天太热了,买完东西,我们拎着大包小包的东西进了麦当劳,打算喝点冰可乐降降温。还没坐下呢就听到有人喊我:"小糖果,嗨,小糖果!"

我吓一小跳,谁和我这么熟悉,叫得如此亲热?定眼一看,竟是林家明。和一个女孩面对面坐着,一大堆吃的摆在桌上,却只有一杯可乐,上面插着两支吸管。我走近了,女孩子也抬起头来冲我笑,她看上去很普通,脸上有好多的雀斑。

林家明对那女生说:"来来来,我跟你介绍一下,这就是我的初中同学,大名鼎鼎的画家唐池小姐。"

"神经。"我骂他,"这是你女朋友?"

他不好意思地笑了，算是默认吧。

"我在电视上见过你。"那女生说，"林家明说你是他们初中班上最出色的女生呢！"

怎么最出色的不是夏奈吗？我用疑惑的表情看着林家明。他却不看我，亲热地替那女生理了理额前的刘海。

"再见。"我说，"我喝点水去，渴死了。"

"再见。"林家明也说，自始至终，他都没有问到夏奈一个字。

回家的路上我对老妈说："就是那个林家明，以前死心塌地地追夏奈呢，没想到这么快就有女朋友了。真是无耻。"

"哈哈哈。"妈妈大笑说，"年轻人，哪里懂什么是真正的爱情。"

虽然我和妈妈之间无话不说，但这还是我第一次和她真正地触及到关于"爱情"这个字眼，见我有些怔忡，老妈补充说："难道不是吗？在我看来，都是儿戏。"

"我要是谈恋爱，你会不会杀了我？"我试探着问她。

"不用我杀，恋爱就会杀掉你。"不得不承认，我老妈有时候真的很智慧。我还没恋爱呢，好像就伤痕累累的样子了，真是没出息得要命。

我告诉夏奈林家明的事，她好像也是一副漠不关心的样子，而是说："简找他的朋友替我设计了些服装，挺漂亮的，等考完试就可以好好拍了。"

"怎么还没拍吗？"我装作不知道。

"没正式拍，"夏奈说，"就前两天试了试。"

"哦。不怕你妈妈知道？"

"不管那么多了。"夏奈笑着说，"你知道吗，简还答应教我摄影。"

"夏奈你不会吧？"我有些担心地说，"你真和那个简……"

"死样。"她骂我。

我的天啊，我的老天啊。看来陈有趣的情报属实，看来雨辰说的也一点不假。

"没事的。"夏奈安慰我，"简是正经人。"

我闭嘴了，我有读不完的书，画不完的画，烦不完的心事。我自身都难保，实在无力去管她太多。

再说了，人家也不稀罕我管。

期末考总算是结束了，我考得差强人意，不过老妈也没有讲我。整个暑假我都关在家里画画，偶尔和夏奈一起逛逛街或是呆在空调房里聊聊天。

夏奈也忙，我估计她整天都和简呆在一起。不过她不对我说，我就不问。有一次夏奈的妈妈把电话打到我家来，说是找夏奈，实际上是问我学校今年暑假到底有多少门课要补，怎么天天都要往学校里跑。

其实我们学校今年减负，没有一门功课要补。夏奈明摆着是在撒谎，好在我机灵，一一地替她搪塞过去了。

不过夏奈妈妈也不是那么笨的，快挂电话的时候忽然问我："你怎么没有去学校啊？"

"我逃课了。"我说，"好多画画不完呢。"

"有一技之长多好啊，不像我们家夏奈，以后还不知道靠什么吃饭呢。"夏奈妈妈叹气说。

我差一点说出口："没事，夏奈就快成最红的模特儿啦。"话都到了嘴边，舌头一卷硬是给卷回去了。

夏奈知道后拍拍胸脯说："哇，好险！"

"你是不是天天和简在一起？"我问她。

"对啊。"夏奈说，"他替我拍照么。"

"要拍这么多天？不是说好三天么？"

"不满意就要重拍呀，再说拍完了还要整理么。真的很不错啊，"夏奈得意地说，"等照片整理出来我就请你去看。"

"夏奈。你为什么不对我说实话？"我直直地看着她说，"你在谈恋爱是不是？"

"什么呀。"夏奈掩饰地说，"我谈恋爱怎么会不告诉你？"

"你当然会！"我说，"你有很多事都不会告诉我，因为你是独立的，因为你有性格，因为你酷，因为友情对你而言不过如此！"

"你心情不好我不与你计较。"夏奈生气地说，"但是唐池，希望你从现在起停止胡说八道！"

"是我不与你计较，我要是计较，我们早就不是朋友了！"

"唐池你知不知道你在说什么？"她呵斥我。

"我当然知道，我对我说的每一句话都可以负责。因为我每一句话都是发自真心的，可是你呢，你问问你自己，你到底把我当成什么？"

她看着我，一字一句地说："我们是好朋友。"

"狗屁！"

"你最好收回这两个字。"夏奈说，"不然你试试？"

"我就不收回！"我忍了她很久了，"我怕什么，我什么都不怕！"

"白痴。"她又这样骂我，我最恨她骂我白痴，于是我说："我是白痴，你走，你现在就从我家走出去，我永远都不要看到你这个聪明人！"

我的手直直地指着门，一动也不动。过了好半天，夏奈说："唐池，你会后悔的，你总有一天会后悔的，你会一个朋友也没有！"

"那是我自己的事。"

"你会去找黄豆豆，是吗？"夏奈笑笑说，"你一定会去找他诉苦，告诉他夏奈这个人是多么多么的讨厌，对吗？不过我提醒你，你要去最好早点去，因为，再过两天，你就看不到他了！"

她又提这个该死的名字，我真恨不得揍她一拳。不过我听不懂她话里的意思。

夏奈扬声说:"好吧,告诉你吧,黄豆豆辞职了,他就要走了,还有两天。"

"呵。"我忽然觉得夏奈这个人很可笑,为了气我,居然编出可信度这么低的无聊的故事来。

"信不信由你,我一直想告诉你,可是你一直不让我告诉你,因为你一听到他的名字就跳脚,而且说实话,我也不忍心告诉你。但是现在我不心疼你了,我一点也不心疼你啦!"她大喊大叫起来,"因为你是这个世界上最没心没肺的人。"

说完,她转身走掉了,把我家的防盗门甩得砰砰响。我在那惊天动地的声音里相信了她的话,我不得不信。

我立在那里,数秒钟脑子里不能思想。然后我拔足飞奔下楼,拦了一辆出租车就往黄豆豆的家里冲。

到了他家楼下,我一口气跑上四楼,发疯般地按响了他的门铃。

开门的是黄豆豆。

我靠在门边看着他,大口大口地喘着气。看样子他正在收拾行装,整个家显得凌乱不堪。

"进来坐。"他拉我进门,递给我一瓶矿泉水说,"冰箱坏了,没冷饮喝,你就将就点吧。"

我接过来。

他看着我说:"瞧你,跑得一身都是汗。"

我真恨他用这种充满关心的语气来跟我说话。把他递给我的

【盛夏的双鱼】
PAGE 123

那瓶矿泉水狠狠地扔到对面的墙上，随着一声巨响，瓶子破了，水花四处飞溅，墙上留下一大片水渍。

屋子里静极了，我慢慢地蹲到地上，然后我听到自己不争气的呜咽声。

不知道过了多久，黄豆豆走近，在我的身边蹲了下来，他的声音依然要了命的慈祥："好了，唐池你别哭，你别哭好不好？"

我哭得更厉害了。

他伸出手来，把我扶到了沙发上。"我本来是想今晚给你打个电话的。"他说，"我当然会跟你告别的。"

"为什么要走？是不是因为我？"

"不是。"他肯定地答。

这答案并不让我宽心，而是让我绝望。我真傻，我竟会以为他走是怕影响我的学业，我真不是一般的自作多情。

"为什么不是？"我嘶哑着声音。

"唐池。"黄豆豆伸手替我抚去脸上的泪水说，"你不要哭，这样我会难过。"

"为什么一定要走？"我不折不挠地问。

"好吧，我告诉你。"黄豆豆说出一个名字，这个名字我知道，很多很多的人都知道，就是那个如日中天的大明星，人们传说的黄豆豆的前任女友。

"不久前，她在拍电影的时候从马背上摔了下来，左腿摔断了。如果你看新闻应该知道这个消息，她不得不中断她的演艺生

涯,所以,我得去照顾她。"

我惊讶得说不出话来,好半天才说:"你们不是早就分手了吗?"

"我们是青梅竹马。"黄豆豆说,"十七岁的那年,我为她许下了承诺,我会守护她一生。要知道,许诺容易守诺难,现在,是我去履行自己诺言的时候了。"

"你真伟大。"我说。

"谢谢。"他并不在意我的讥讽。

"你一直爱她,一直没有忘记她,对不对?"

"对。"他站起身来。

"所以,"我慢慢地说,"忘记一个人很难的,对不对?"

这下他不说对了,而是说:"还有一件事要告诉你,我带走了你一幅画,是你挂在学校画室里的那张。"他从行囊里把那幅画抽出来说,"我一直非常喜欢这幅画,我会把它挂在我们的家里,对她说,瞧,这是我最得意的学生的作品。"

"不胜荣幸。"我捂住脸,泪再次滚滚而下。

他回到我身边坐下,说:"我说过,我会等你功成名就的那一天,我相信我一定可以等到那一天。"

我在心里忧伤地想:"那又有什么意思呢?"

黄豆豆继续说:"还会有一个好男孩,为你许下诺言,陪你走完长长的一生。你会爱他,他也会爱你,我向你保证,一定会有。"

Story 01
十六七岁谁没点烦心事

"你简直比雨辰还要抒情。"我说。

他呵呵地笑,捡起地上的那个破瓶子说:"真没想到唐池也会发这么大的脾气。"

"你不了解我的地方还多着呢。"我说,"以后就更没有机会了。"

"可不?是我今生最大的遗憾。"他说。

"真的?"

他看着我半晌,然后点头。

我心里溅起一阵铺天盖地的浪花,够了,就这样,也应该满足了。

走出黄豆豆的家,天色已全暗,迎面吹来的是盛夏干燥的热风。黄豆豆一直送我下楼,他向我伸出手来:"再见,唐池。"

"不说再见。"我硬是没有伸出我的手。

他耸耸肩,对我的任性表示出极大的容忍。我在暮色里努力地看他,希望可以永远记住他的容颜。

然后,我勇敢地转身离开。

远远站着的,好像是夏奈。没错,是夏奈。

我没有走上前去,也没有和她说话,而是招手拦下了一辆出租车。

黄豆豆其实不知道,他走的那天,我还是去了机场,我躲在角落里,看到他跟夏奈还有简告别。我看到他轻轻地抱了简,甚至轻轻地抱了夏奈。我并没有太多的难过,我内心相当的平静,我只是固执地不想说再见而已。

夏奈没有电话打来，我也没有给她电话，我们也许都需要冷静一段时间，来思考一下我们之间的问题到底会出在哪里。有一天我接到陈有趣的电话，他告诉我他又看到夏奈了，夏奈在星海广场的草坪边，正哭得喘不过气来。

"你快来吧。"陈有趣着急地说，"看来只有你来才可以劝得了她。"

"她一个人？"我问。

"算上我是两个。"陈有趣急归急，还不忘开玩笑。

"那不正合了你心意？"我说。

说完，我挂掉了电话。我在沙发上坐了很久，我站起身来，开了门，却又关了门，再坐回到沙发上。我心酸地想，对于此时的夏奈来说，陈有趣也许比我更加有用一些。

没有夏奈的日子，没有黄豆豆的日子，就这么一天一天地过去了。终于有一次我和夏奈在雨辰的聊天室里遇到，她在，我也在，雨辰也在。

过了很久，我给她发悄悄话说："好吗？"

"你呢？"她问我。

"还行。"

"我也还行。"她说，"对了，我想告诉你，那些照片拍完了，简也走了。"

"哦。"我淡淡地应了一声，因为我并不奢望与她分享一些

秘密,我并不需要同情。

"也许,我们都应该学会原谅。"夏奈说,"原谅木天,原谅黄豆豆,原谅简,原谅我们自己,你说呢?"

"也许吧。"面对她的坦诚,我竟无言以对。

"我在跟雨辰聊天。"她说,"你还记得吗,雨辰答应替我们写个故事的。"

我当然记得,很早以前,我和夏奈在聊天室里跟她吵吵闹闹的时候曾跟她提出过这样的要求,我还记得雨辰问我们:"你们希望写成什么样呢?"

我说:"就是两个女生,好得没有命的那种。"

夏奈补充说:"就是两个女生,吵起来也没有命的那种。"

"那你们好好聊。"我跟她和雨辰说再见,独自下了线。

雨辰是个天才,她没有食言,我没想到她真的写好了这个故事。给我发来这个故事的时候,雨辰还有一封信给我,她在信中说:"我相信,你会为这本书画出最漂亮的插图,我和小鱼甲会充满信心地等候。"

我迫不及待地打开文件,在电脑上一页页地细细地读它。毫无疑问,这是我和夏奈的故事,里面有黄豆豆、有木天、有林家明、甚至有陈有趣。最后,还有简,简离开了双鱼甲,他对双鱼甲说:"我会回来,在你长大的某一天,我一定会回来。"

那夜,双鱼甲一直徘徊在双鱼乙的窗下,她想给她打一个电电话,可是她不知道她还会不会关心她。她想对她说:"我们生活在同一个温暖的水域,也许偶尔会被水草缠绕,但因为彼此温暖的呼吸,相信都不会是死结。如果我说我爱你,我一直爱你,不知道你会不会相信?"

那段字,雨辰用了别的字体,加粗加深了它。

我知道,她是希望我可以认真地读到它。我也知道,这话是夏奈亲口说的。

新学期就要开始了,又是一个阳光灿烂的秋天。我在全国很知名的一家青春杂志上看到了简替夏奈拍的一组照片,那些照片拍得美轮美奂,让人爱不释手。简给它们起名为:爱上双鱼的日子。

我打通了夏奈的电话,轻声地喊道:"KIKO。"她在电话那端骂我:"白痴。"然后,我又听到了她咕咕的熟悉的笑声。

【附赠短篇】

不知道在他们之中会不会也有

三个人只买一张月票的调皮鬼

不知道他们会不会为了一个伤感的故事抱头痛哭

让黄丝带什么的来斑斓自己成长的梦

但他们都是要长大的

有一天他们会发现自己只是一个平凡的人

如这个世界大多数的平凡人一样

在过一种年少时未曾预料的生活

唯愿他们到了那个时候能为自己拥有

一份从未虚度的青春而倍觉骄傲

黄丝带

【黄丝带】

"再等十分钟!"月月站在人潮拥挤的闹市街头,命令似的对自己说。

头顶上,是那被郑智化说成文明糟蹋过了的天空,真的一点蓝色也没有,苍白得如同一张病人的脸。倒是街上女孩子们来来去去喜气洋洋的花裙,给小城抹上了一层重重的流动的色彩。月月也穿着裙子,花灯芯绒的背带裙,站在人行道旁像个文静而乖巧的高中女生。

其实自己怎么这么傻呢,月月想,美馨和知明是肯定不会来的了,谁还会记得七年前这个开玩笑中定下的约定,如果自己不是有记日记的习惯,恐怕也早已忘得一干二净了吧。可月月仍不愿早早地走开,固执地站着,像等什么又不像等什么,人群里她少年的心情慢慢地慢慢地展开来,竟令她产生一种舍不得回忆的错觉。

七年了,月月想,原来七年是这么轻松这么容易就过来的,夸张点说简直就像跑过一阵烟。初一下学期,月月家从镇上搬到市里,她也就转学进了美馨他们这个班。起初的月月又黑又瘦很不起眼,还总是被人嘲笑那口不标准的普通话和那件土里土气的小黄花棉袄。但月月聪明，只用了半年便让人所有的人对她刮目相看深深佩服，不仅成绩稳稳地坐上了冠军的宝座，把第一名的美馨挤到第二，把第二名的知明挤到第三，而且还在学校首届即兴演讲比赛中一鸣惊人夺得了第一。

其实月月从小就是这样的，尽管在镇上长大，看得不多听得也不多，但她总觉得自己和别人有什么不一样。这种感觉很奇特，不叫自信也不叫自负，但却总伴着月月，使她在最背运的时候也对未来充满了期待和满心的欢喜。

怎么样和美馨、知明结成"三人党"的简直说不清，总之有那么一天后突然三个人就天天在一起了，怎么形容呢，套句老话说像亲姐妹一般。那时念书的学校紧挨着市公园，好多学生上学放学要是从公园路过都能节约一里的路程。月月她们三个也走公园，可三个人只买一张月票，遇到查票严时多半是美馨先进去，跑到那边门卫看不到的高墙边把那月票扔出来再让月月进去，最后知明才进去。另两张月票的钱便贴补来做零花了。那时她们三个在校园里挺受瞩目的，都知道她们三人成绩好又是好朋友，老师也常拿她们做"近朱者赤，近墨者黑"的最佳说明，谁会想到一切会像如今这样呢？

天色渐渐灰了下来，身边的人一个又一个匆匆地擦肩而过，没有美馨也没有知明。为着这个预料中的结果月月还是忍不住想掉泪。七年前，也是这个日子这么一个黄昏，她们三个一起逛街路过这个街头，知明突然问："十年后不知我们会怎么样呢？"

【黄丝带】

愣了半天美馨说:"干脆十年后,就在这儿,就在这时让我们重聚一次,好吗?"

"十年太长了,说不定人都老了,七年吧,七年应该有眉目了。"月月提议。

于是便嘻嘻哈哈地订下七年后不见不散的约会,说是嘻嘻哈哈却又实在显得有些庄重,毕竟七年后的自己是个充满了诱惑力的想象,让人心驰神往,究竟会怎样呢?

如今,却只有月月一个人记得,只有月月一个人来圆梦了。

"回师专去吧。"她提醒自己,晚上的师范技能训练还等着呢。刚要走,却又想起到了什么,取下头上系着的黄丝带来,系到人行道边的栏杆上去。

没有风,黄丝带飘不起来,低低地垂着,像垂着一片深深的遗憾。

月月转身离开,没有回头。

美馨狠狠地批完两个逃课的学生以后,疲惫地坐在办公室里。现在的小孩可真是无法无天,才小学二年级就有本事弄得家长老师晕头转向的。办公室里空荡荡的,只剩她一个了,谁还会傻到像她一样晚呢。美馨总是反应不过来,就这样莫名其妙地站了一年多讲台了,若不是当初因家庭经济不好而选择了中师,美馨想,说不定现在自己会在某处大学继续学生生涯呢。还是念书好,哪怕像月月一样念最末等的大学也比早参加工作强,至少不

Story 02

没有风,黄丝带飘不起来,低低地垂着,像垂着一片深深的遗憾

【黄丝带】

会在这样一所城郊的小学混饭吃。学校既没名望也没钱，全校师生仿佛都在心照不宣地一起混日子。起初上任时美馨还想一定要做个温柔可人的"班妈妈"，可学生不受管，气得她几乎天天哭鼻子。没办法只好学着别的老师用体罚，没想到还挺有用，且用上了便丢不掉，学校里谁都知道那个看上去美丽温柔的程美馨老师会打人，而且会打得很凶。

美馨很累，觉得自己到头来连知明也不如，知明技校毕业后进了银行，虽干的全是些无关紧要的杂活，工资却比她高一百多，这年头不知知识究竟摆哪个位置。

"程老师，还没走？"校长在外面敲敲开着的门，探头进来望望她。

"就走了。"美馨应道。校长挺年轻的，可背影看上去就是有那么一点老，美馨挺可怜她，领着这个学校像领着一群残兵在打仗，不容易呀。

走到街上，美馨的心情稍好了一点。其实在校门外便不再有人认为美馨是老师了，看上去完全是个十七八岁的女生。还记得那次去月月她们学校玩，给她们系里一个男生盯了好一阵子不肯放松，愣不知道美馨在教书，而且还教了一年多了。美馨一点也不喜欢那男生，心里却有暗暗的欢喜，至少冲淡了那次看镭射片的不快。

那次去镭射厅看谭咏麟的"浪漫柔情"演唱会是知明陪美馨去的，月月忙得没抽出空来。坐在她们身后的是一群高中女生，

Story 02

没有风,黄丝带飘不起来,低低地垂着,像垂着一片深深的遗憾

【黄丝带】
PAGE 139

为着阿伦的一举一动常常禁不住地狂呼乱叫。美馨一直认为自己是个标准的阿伦迷，可听得再激动张张嘴仍是叫不出来，做老师了该有做老师的样子。那次美馨沮丧极了，趴在知明肩上沉默着，总觉得自己无端的被谁偷去了什么东西，青春便从此少了一大截，毕竟按年龄来说，她也算是一个妙龄少女啊，却活得老气横秋。

美馨知道自己漂亮，可她并不在乎这一点，宁可要月月的那份聪明和知明的那份洒脱，也不知她俩现在怎样了，真该去看看她们。长这么大就这么点友谊，美馨可不想丢掉它，一起走过的日子毕竟是美馨最最留恋的。

胖胖的知明伸伸懒腰，又该下班了。今天可是周末哦，郭炜也该来了吧。

电话铃响了，果真是他，在那边轻轻地说："我来接你。"

"嗯。"知明放下电话，心情好得仿佛自己要一跃一跃地从喉咙里蹦出来。有几天没见到郭炜了？知明一下子想不起来，总归是爱情哦。正儿八经的爱情。以前唯一令她不满的是郭炜的眼睛小了点，可后来却听月月说好，像电视上《围城》里气宇轩昂的赵辛楣。这样一来，知明便安生了许多。月月都说好应该算好了吧，她可不会随便地表扬一个人的。知明一下子想起初二时，她们三个人红着脸发誓这辈子三十岁前绝不会恋爱的认真劲，忍不住地自个儿笑了起来。"所谓山盟海誓，都是年少无知……"

【黄丝带】

她想起周治平的句子,觉得用来形容自己刚才那一刹那的心情是再合适不过了。

郭炜还没来。知明有时间静静地坐着想想从前,其实知明不喜欢怀旧的,或多或少有点自卑,按父母铺成的路规规矩矩地长大,总觉得自己不及月月聪明不及美馨漂亮,但现在看起来却仿佛自己是最好的了,工作清闲工资高,爱情也有了,好好坏坏都比她们俩顺利,只不过知明一直还没有来得及接受这个喜悦罢了。

不知道这个周末月月和美馨会怎么过呢?现在很少有机会凑到一块了,说到这点知明觉得很委屈,总被埋怨是因她"重男轻女"造成的。其实知明相当看重这份友谊,第一次领到工资时,她特意大老远地去把在县城念中师的美馨接回来。再找来月月,本想好好聚一聚慰劳慰劳她们,读书辛苦嘛。谁知她俩匆匆的来又要匆匆的走,月月支支吾吾地说刚开学有好几科要摸底测验,美馨则说只有一天的假还要赶回家看看,让她精心策划一个星期的节目全泡了汤。其实知明也不怪她们,可就是很伤心,从此就很少约她们了,只是通信和通电话,好在友谊的空缺没多久便给爱情填上了,郭炜是家里给介绍的,有房子也有钱,知明还未来得及想清楚一切就已经定下来了,她也懒得再去多想,反正自己一直这么顺从地长大,爸妈又不会害她,只是有时想到自己毕竟才二十,就有一点点脸红。

"陆知明。"有人在楼下扯着嗓子喊。是郭炜,他总是这样口没遮拦地在众人前表达他的浪漫。周末呐，好好玩一趟吧，知明拍拍自己的脸，应声奔下楼去。

四月，天一下子早早地燥热起来，闷得人心里发慌。月月、美馨、知明走进公园，一边走一边互考着英文单词。

"日子可真不是人过的。"知明咕哝着骂了一句，然后说，"去湖边好吗？好久没去了。"

没有异议，于是三个人便手挽着手摇摇晃晃地朝湖边走去，像没什么负担。

"真报中师？"知明问美馨。

"是我不好，是我背叛了你们，月月，知明，做了大学生可别忘了我。"美馨可怜巴巴地说。

"别说那么严重，"月月安慰她说，"总有一天又会在一起了。"

"我妈说如果考不上重点便只让我上技校。"知明也苦着脸宣布。

"好了好了，不说这些。"月月从书包里拿出一本薄薄的英汉对照的读物来，"不如我给你们朗诵一个故事吧，《老橡树上的黄丝带》，你们一定喜欢的。"

美馨和知明不知何时爱上月月的朗诵的，哪怕是听过千百遍的故事，再听月月细细地诵读仍觉心中愉悦。"黄丝带"的故事很简单又很感人，说的是一个犯人，出狱后怕他的妻子不让他回

家，于是便给他妻子寄了一封信，大意是说如果还期望他归来，就在家门前的老橡树上拴一根黄丝带，如果见不到黄丝带，他就准备背井离乡到处流浪了。结果，当车子驶近他家时，他看到的竟是挂满了一树的黄丝带……

短短的故事，月月读的极富韵味，诵完后美馨就哭了，知明看着美馨哭也跟着哭了，当然月月也哭起来，三个人紧紧地抱在一起肆无忌惮地哭了好久，不知道为什么这么伤心，反正肯定不全是为了那个故事。

第二天，月月便去买来一根黄丝带系在头发上，系着它去上学。发现等在公园门口的美馨头上竟也有一根，一模一样。知明是短发，却也买了一根来，轻轻地叠好放在文具盒里，就这样天天带着它。随着中考愈来愈近，黄丝带在她们三个中间渐渐成一种只可意会、不可言传的象征。特别是月月，迷信极了，每天上学再忙也要把它系好，再拉得紧紧的，仿佛一掉下来自己的未来也会随之坠落似的。那样的年龄总有些微妙的感觉，不可说也不可解释。直到拿到重点中学的录取通知书时月月才长长地舒了一口气，取下它来放进十六岁那本空白的日记里，希望它能保佑自己在上面填写的内容都是灿烂辉煌的。

  美馨和知明送月月走进师专的女生寝室，月月考进来虽是意料之外想想也实在是在情理之中。高考前美馨和知明也紧张了一阵子，提前十天就开始天天给月月寄贺卡，总是"心想事成"、"一帆风顺"之类的话。盼望着这些祝福能帮着月月挤出小城再挤进一道更宽的门里去，三个人的梦就这样集中在月月一个人身上。

  可考完后月月便躲起来了，怎么也不愿见她俩。美馨胆小，怕月月自杀，便拉了知明到她小屋边守着，不停地唤她的名字再说一些"天无绝人之路"之类的话，好久好久月月才一下子把门打开，又哭又笑地望着她们说："放心，没那么容易死的，还有希望。"

  知明当时紧握了一下月月的手，那手的冰凉知明一辈子也不会忘记……

【黄丝带】

寝室共住八个女孩,来自全省不同的地方,只有月月是本地人。美馨有离家生活的经验,麻利地替月月铺好床再挂上蚊帐,下铺的女孩羡慕地问月月:"你们家三姐妹啊?"

月月笑着点头,她一天的笑都是这样,有点呆呆的,仿佛一块硬硬的冰放了好长时间都化不掉一样。知明知道她心里委屈,也不好安慰她,便帮着美馨张罗一切,并告诫美馨不要忘了挂张齐秦的相到蚊帐上去,月月最迷齐秦。

送她俩走时月月很不舍,说自己没集体生活的体验不知和寝室里的人能不能处好。后来又说今天谢谢了,有朋友就是好,这些事叫爸妈来帮忙多丢人。

美馨招招手说别送了回去吧,走了好远又丢下一句话:"月月你在哪儿都一样,都是发光的金子。"

望着她俩的背影月月心中升起一种歉疚的感动,多好的朋友啊。月月真不知为何在人人感叹世态炎凉的今日能有幸握住这一份浓浓的真挚,并从年少一直一直拥有到今天。

"算了,算了!"月月制止自己想下去,她不是自怨自艾的人,总相信未来是可以期待的,她没有对自己失望,更不愿美馨和知明对她失望。

美馨把床下那个旧旧的箱子拖出来,那是她念书时用的。工作后好像还一次都没有打开过。可今天美馨却突然很想看看,里面的东西不多,美馨知道,却是她整个少年时代的回忆。她温暖

Story 02

没有风，黄丝带飘不起来，低低地垂着，像垂着一片深深的遗憾

【黄丝带】

而伤感地想，实在应该加倍地去珍惜。

最上面放着的，是一个淡蓝色封皮的日记本，只记了一半左右。日记本是她十四岁生日时月月和知明送她的，还记得那时月月对她说一定要学会记日记，要不到老时恐怕会老得将年轻的事全忘了，一片空白，岂不等于白活了一场。美馨当时觉得这话很有道理，便认认真真地开始记日记，可惜新鲜感过后渐渐地把这事当成了一种任务，自然不能坚持多久。美馨后来想也许是因为自己家境一直不好的缘故吧，所以人变得比较实际，不可能像月月那样多心多梦吧。

箱子里最多的还是一些信件，除掉月月和知明的，便大都是一些男孩子写来的。美馨这样的女孩应该是倍受男孩青睐的，漂亮温柔且又不爱出风头。

念中师时，特别在黄昏，不时都有男生守在楼下想约她。门卫通过广播一次次地喊"311寝室程美馨有人找"。美馨总是找理由推辞，要么就根本不下去。唯有一次，约她的是一个高高大大的男生，听说是校足球队的队长，美馨看他不觉得讨厌，加之那几天特想家，心里孤寂得厉害，于是便点了头跟着他去了学校那间小小的咖啡屋。咖啡屋里音乐轻飘，只有一些小小的红色灯泡发出迷茫的光来。男孩子一坐下来便要了两杯咖啡，美馨知道那是三元一杯的，她本想说一句真贵啊后来又没说出来，一晚上便只剩那男孩喋喋不休。美馨记得最清楚的是他说人人都说市里来的女孩傲气，可我看美馨你不是的，穿着那么朴素人看上去又很温和。美馨只是笑笑再笑笑,她没有告诉他自己并不是个养尊处优的小公主,妈妈只是个清洁工,爸爸因工厂已经倒闭在家闲着。反正也仅此一次和他在一起,美馨想在他眼中我是怎样就怎样的吧。后来,那男孩再来约时,美馨果真不再出去。那次晚自习后被他截住,月光下男孩的脸色显得有些灰败,急急地问她:"究竟是怎么回事我做错什么?"美馨不停地摇头,差点给逼得掉下泪来,她不忍心看着那么高大挺拔的男孩子一下子就变得颓废,可又实在是说不清楚心里的感觉。最后她从兜里摸出三元钱来递给他,声音抖抖地说:"那天喝咖啡的,还给你,真是对不起。"

男孩子看看那钱,没有去接,转身就走了,大步大步的,留下美馨手握着钱独自站在校园清冷的夜色里。

直到今天美馨也弄不清楚自己有没有做错什么,究竟又是怎样看待感情的,总觉得一辈子恐怕也难遇上自己中意的人也没有什么资格恋爱似的。

"经济基础决定上层建筑",美馨自上政治课学过这句话后就死死地记住了它。所以念书时一心一意地念书,现在教书时也一心一意地教书,她知道只有这样才有可能过上和平常人差不多的日子,爱情实在缥缈得很呢。

气走男孩的第二天,美馨收到月月一封厚厚的来信,说她爱上了一个舞厅里唱歌的男孩,广东人,英俊潇洒,满满几篇的甜蜜心事,让美馨心里暗暗羡慕着,与日俱增。

【黄丝带】

没想到的是周末回市区，刚一下车便看到知明挽着一个男孩的手打滨江路欢欢喜喜地走过。美馨起初不信，再一看真是知明，提着一大包脏衣服站在尘土飞扬的马路旁，觉得心里有什么东西热热地哗啦哗啦地散开来，后来美馨才知道那是心雨，伤心透了才有的。

箱子清理好，露出蜷缩在箱子底那条长长的黄丝带。美馨想起很久以前那个遥远的下午听月月朗诵的那个故事，还有随之而来那场痛痛快快地哭泣，一个浅浅的微笑浮上嘴角来。她把黄丝带拿到水龙头下，用肥皂认真地洗净晾好，心想明天应该可以系着它去给学生上课了。

知明和郭炜坐在郭炜家宽大明亮的阳台上，一面喝茶一面聊天。郭炜突然定定地望着她，然后缓慢地说："小明，我们结婚好吗？"

"你——？"知明惊讶得说不出话来。

"这也是爸妈的意思。"郭炜接着说。

"可是，可是……"知明抓起自己的皮包，"我得想想。"她说，然后飞也似地离开了郭炜的家。

郭炜没有追上来，他是了解知明的。知明走在大街上，脚步匆促，像在追什么又像是要逃离什么，一下子她竟弄不清楚究竟发生了什么事情，等再想起郭炜的话时，知明的脸一下子就红了，很红，滚烫滚烫的。

走了好久好久，知明才发现自己根本毫无目的无处可去。结婚？自己压根就没想过的啊，她知道一结婚人必会变得老气的，知明不愿意，她还想尽情地享受一下青春呢！可该怎么办？该怎么对郭炜说？

知明突然怨恨起郭炜来，好端端地将她推到惊慌失措孤立无援的境地里去。或许该去找月月和美馨，可她们理解吗？又会怎样看她呢？那么久不在一起了，人也是会变的呢，起初不去找她们是怕打搅她们学习，后来不去找她们是怕自己在她们中间显得老气。

工作这两三年来的积压，知明觉得自己真的是老了很多，这还是她有天早晨起床睡眼蒙胧地照镜子时发现的，觉得认不出自己了。

其实知明并不稀罕身上那几百元钱一套的时装，倒是很留恋初中时白衣黑裙的校服，只是没有机会穿了。二十岁生日那天晚上，知明一个人在房间里，曾拿出那套衣服来穿过，想找回一点十四五岁的感觉，可衣服已经小了，套在身上紧绷绷的，全然没了初中时那份清纯美丽的味道，知明只好叹口气将它收进衣橱里，心酸地想自己的少女时代真的就像小鸟一样一去不回来了。

结婚，是万万不可能的，知明坚定地对自己说。直到今天，直到这一刻，知明才猛然明白原来自己一直是不甘心的，不甘心一辈子就这样无惊无险地过了，像一本乏味的小说。以前的乖巧

【黄丝带】

和顺从全是因为自己太有孝心的缘故。她忆起初一时老师叫演讲老掉牙的作文《我的理想》，月月说她想成为记者走南闯北，美馨说要做一名医生救死扶伤。知明站到讲台上，觉得自己实在是没什么具体的理想，只希望将来无论做什么一定要出人头地，可又觉得说不出口，没准会被老师批语想争名夺利。于是便敷衍地讲将来最好能当老师，像蜡烛一样燃烧自己照亮别人。知明毫不怀疑当时月月和美馨也渴望有出人头地的一天，这叫"年少轻狂"吗？为什么现在的生活全然像在演一场从未预料过的戏呢？

知明路过一家小摊，下意识地停下脚步，小摊上挂着许多根各种颜色的丝带，只有一根黄色的，在她看来特别刺眼。知明忍不住伸出手去轻轻地拉了一下它。守摊的女孩热情地晃到她面前说："黄色的，就这一根了，折价给你要不要？"

知明摇摇头继续走，青春珍贵的记忆怎能被折价处理呢？走着走着这才发现自己根本是毫无目的无处可去的，心里像儿时迷路一样慌乱紧张起来，竟一下子想不起归家的路。

周末月月刚一回家，爸爸就拿着一张报纸对她说："你看到没有？市电台在招业余主持人，你最好是去试试，考上了对将来的分配也很有好处的。"

"再说吧，"月月重重地把自己抛到沙发上，"我得歇会儿了。"

爸爸看她一眼，没再说什么，轻轻叹口气就走开了。

那一声轻轻地叹息让月月感到全身散了块似地疼，爸妈养大自己不容易啊，月月知道，以前担心她成绩不好考不上大学，现在考上了又担心她分配不好，没准以后工作了又担心她不好好工作，反正就这样，坏女儿是父母的包袱，好女儿是父母的包装。

月月当然是渴望做包装的。

在师专做了一年的校播音员，谁都说易月月播音水准绝对的高，声音清脆悦耳，丝毫不比省电台的差。可对爸刚才所说的事月月却真的一点也提不起兴趣，她都不知道这些日子究竟是怎么了，怎么全然不像以前的她了。

以前，月月凡事都喜欢争第一也总能争到第一。可自从升上了高中便有一些不一样了，中考那一年，月月考了她们学校的第一名，顺利地升上了省重点，起初月月还有些沾沾自喜，可到了新的班级一比，才发现自己的入学成绩仅位于全班第二十七名。但是月月并没有泄气，她还是觉得自己和别人有什么不一样，她相信这一点而且是深信不疑，可是没有想到一个学期的专心攻读还是只能换个可怜巴巴的第十名。这个"第十名"从此注定了月月将永远告别高高在上的骄傲感和满足感。

唯一还使月月保持自信的是她的作文，仍是全班最好的。语文老师极喜欢她，把她的作文推荐到全国各地的刊物，不久后就真的有二三篇给刊了出来。

月月这才在人才济济的校园里站住了脚，慢慢地变得小有"名气"起来。不过着着实实狠狠打击了月月一下的是那次上数

【黄丝带】

学课,不知怎的就走了神,在一张草稿纸上胡涂乱抹着,数学老师看见了,便停下课来指名道姓地叫住她:"易月月同学,请注意听讲,数学也是很重要的,不要整天只知道朦胧诗朦胧文,小心朦胧出事!"

全班哄堂大笑。

月月想哭却没有泪,只是绷起脸来定定地望着老师以示反抗,当时她真是气得要死,觉得自己怎么都忍不下被伤害自尊的滋味。

那天的日记她这样写道:"要是我手里有一把刀的话,我一定会冲上去把他杀死!"现在月月是想得很明白了,自进了师专后她最想再见到的就是数学老师,做老师太难了,她不敢去设想将来的自己会像什么样子。美馨不还打学生吗?真的是不可设想。再说那老师也说得对,后来不真的是"出事"了吗?

这个"出事"指的是陈歌的出现。陈歌是月月无数美丽少女梦的最好注释。他是一个优秀的男孩,直到今天月月还这么想。第一次见到他是在姐姐同学的生日聚会上,月月从墙上那面大镜子里看到他第一眼——梦想中穿黑衣服的男孩,便呆呆地看他好久。陈歌发现她在看他,笑了一下便走过来问她的名字,月月惊慌失措。十七岁的世界从此天翻地覆。然而,故事开始得简单结束得更简单,一点也不像小说中描绘得那样曲折动人,月月并不知道是不是这个简单的故事错乱了她的一生。总之她已经不敢像以前那样胸有成竹地计算自己的将来,命运成为一个彻彻底底扑朔迷离的话题。

月月想起几天前在街头偶遇初中时班主任的情景。老师笑着问月月一定过得好吧在做什么呢，月月支吾地回答念师专了。大太阳下老师的笑容僵滞了一两秒钟，但很快地就说很不错很不错大学生嘛。月月理解老师这一点虚伪，毕竟自己曾是一个令她倍觉容光焕发过的学生。后来问及美馨和知明，月月不好说彼此好久未见，只回答一切都好以后有空一定约好去看老师。最后老师拍着月月的肩膀说："怎么你看上去不像以前那么有朝气了，应该才二十岁过一点点吧？该加油跑才对！"

月月点点头，她知道老师是真心鼓励她，可听起来就像安慰。

在沙发里坐久了月月感到疲倦，站起身来伸伸懒腰，开着的窗户外忽然细细碎碎地传进来一首令她钟爱无比的老歌，起初以为是幻觉，趴到窗口去听却是真的：

　　在那金色的沙滩上

　　洒着银白的月光

　　寻找往事依旧

　　往事依旧迷茫

　　……

　　我骑在马上

　　箭一样地飞翔

　　飞呀飞呀我的马

　　找寻他的方向

【黄丝带】

>　　飞呀飞呀我的马
>　　找寻他的方向
>　　……

　　高二的最后一天,知明和美馨把她从"天涯歌舞城"里那个豪华的舞厅拽出来时,月月记得台上的陈歌唱的就是这首歌。

　　知明把一张一塌糊涂的成绩通知单递到她手里,气喋喋地说:"自己看吧,三十九名,还是我们替你去拿的。"

　　站在舞厅外美丽的大理石地板上,月月低着头,什么也不说。

　　陈歌动人的歌声传来:

>　　在那金色的沙滩上
>　　洒着银白的月光
>　　……

　　"月月……"美馨大声喊,然后低下声来轻轻说,"不要让我们也瞧不起你。"

　　月月抬起头来,眼泪夺眶而出。月月,一辈子最怕被别人瞧不起的月月,在那一瞬间总算明白自己得到的和失去的太不成比例了。看来真的只有结束这个十七岁的故事了,这个简单得连手也没碰过但却有可能影响她一生的"爱情故事"。

　　而她和陈歌,只有"在银色的月光下",永远告别。

　　寻找往事依旧。

往事依旧迷茫……

爸爸在厨房叫吃饭。月月突然惊喜地发现再忆起这些事时已能做到心平气和了。或许是今天偶然听到这首歌，还是因为这样的年龄已能承受一点点后悔？月月知道自己永远回不到十七岁了，所以不再去空空设想"要是一切重来……"但是月月知道这个世界永远有女孩十七岁，她觉得自己应该告诉她们点什么，不是课本上的，也不是小说里的。

知明留职停薪了。

这一消息令月月和美馨都大吃一惊。

公园的湖边一如既往的宁静，只是在边角处设置了一个小小的茶亭。月月她们三个坐进去，一人泡上一杯浓浓的茶，看茶叶在沸水里慢慢地舒卷、展开，淡淡地香味弥漫上来，一时竟都不知道说什么好。月月想起那天黄昏她在街头傻乎乎地等待和那根被她遗留在人行道杆上的黄丝带，刚想开口问问她俩这事又忍住了。何必呢，好不容易才聚到一块，遗憾就悄悄压下来，暂留给自己吧。

"我知道你们奇怪。"知明打破沉默，"哥哥在海口工作了三年多，一直鼓励我也去试试，哪怕撞得头破血流也好，他希望我能体会一下自己的价值。我却总有顾虑，一来觉得自己只是个技校生，二来对那份感情确实也很留恋。"

"为什么这次又决定这么快呢？"美馨问。

【黄丝带】

"郭炜要我结婚。"知明笑了,"那一刻我才发现属于我的青春已经短得不能再短了,以前总想光宗耀祖的任务哥哥已完成了,剩给我的便只有孝顺,现在才觉得对不起自己,为什么十五六岁时就不明白这一点呢?"

"我和你相同,"美馨接口,"能到今天这一步我付出了许多努力,也该满足了。可就是忘记了原来还可以让自己活得更精彩许多,也许是满意现在的工作环境,所以比较随遇而安缺少斗志,其实想想,不过才二十岁呀!"

"我们像在开自我检讨会!"月月笑着说,"真的不知道为什么要到今天才明白,就好比我们面前曾有过无数条的路,年少的我们为自己精心地选好一条,固执地认为它是向太阳的,可是有一天,给命运的手掌一推,身不由己的踏上了另一条路。于是我们走得很慢很慢,甚至希望回到起点重新开始。"

放学了,公园那边涌过来一群一群的中学生,都是穿过公园回家的。

月月、美馨和知明在湖边站着,看着美丽的彩裙和长发上各色闪亮的丝带在她们眼前飘过,心中万分感慨。不知道在他们之中会不会也有三个人只买一张月票的调皮鬼,不知道他们会不会为了一个伤感的故事抱头痛哭让黄丝带什么的来斑斓自己成长的梦。但他们都是要长大的,也许有一天他们会发现自己只是一个平平凡凡的人,如这个世界大多数的平凡人一样在过一种年少时未曾预料的生活,唯愿他们到了那个时候能为自己拥有一份从未虚度的青春而倍觉骄傲。

夏日金边的阳光铺天盖地洒下来,三个女孩手挽手地走到大街上,淹没在人流里。谁也不知道她们的将来又会是怎样的,连她们自己也无法预料,就如同十四岁时未能预料到今天的一切一样。但她们走得满心欢喜,为那大路前方的太阳,为那昭示着祝福和喜悦的飘舞的黄丝带。

青春是公平的,我们每个人都拥有一份。悲也好喜也好,让我们充满信心地往前走。无论月月,无论知明,无论美馨。

【附赠短篇】

那些日子西西和我沮丧透了

我们发誓不再和任何的网友见面

如果不是见了许仙

他没准还会在网上和我们聊得开开心心的呢

所以啊

网友见面真是这世界上最无聊最愚蠢的事情

没什么大不了

【没什么大不了】

西西和我漫无目的地走在黄昏里。

这是我们逃学离家的第一天。我们从城东走到城西,再从城西走到城东,走到现在,脚都快走歪了,肚子饿得咕咕直叫。

深冬的细雨绵绵,西西朝我倚过来,气若游丝地对我说:"小麦,说什么我也不能回家,我一回家我就要死掉的。"

"好好好。"我搂着她的肩膀说,"我们不回家。"

西西缩缩脖子,有些惊慌失措:"听说最近这里老有人抢东西,开着摩托车从你身边经过,'哗'的一下你身上的包就被带走了呢!"

"带走就带走呗。"我说,"我们只有书包,书包里又没有钱,被抢走了正好有理由不上学。"

"对啊。"西西绝望地说,"反正走到哪里都死路一条。"

我呵呵笑着挽紧了西西,安慰她说:"不是有句老话吗?没有翻不过去的山,没有蹚不过去的河么!"

"那我们今晚去哪里?"和我比较起来,还是西西比现实。

"网吧啊。"我毫不犹豫地说,"我早就想好啦。"

Story 03

生活还是和从前一样，太阳照样升起　162

【没什么大不了】

"拜托!"西西苦着脸说,"还有比这更烂的主意吗?我现在一听到'网'这个字就头疼呢。"

西西说得一点也不错,我们现在无家可归,还真的都是网络惹的祸。

事情和一个叫许仙的男孩有关。他的真名当然不叫许仙,许仙是他的网名。

到于我和西西嘛,是从小到大的好朋友。为了表现出我们的姐妹情深,所以我们上网时也总是到同一个聊天室,我叫"白蛇",西西叫"青蛇"。

许仙其实一开始也不叫许仙的,自从遇到我们两姐妹后,他就铁了心叫自己许仙了。不过他并不讨厌,而是一个相当有趣的人,他常常在聊天室里给我们讲笑话,把我和西西笑得前仰后合。有了我们三个,自然有很多愿意做法海的恶人,常常在聊天室里跟我们打个天昏地暗,那时的许仙可不像民间传说中那么的懦弱,霹雳棒连环腿招招致人死命,我和西西只用在一旁呐喊助威,开心得要了命。

久而久之,也就把许仙当成了好朋友,有那么一点点特别的好朋友。许仙也成为我们姐妹俩课余饭后最主要的话题之一。想想,一个遥遥远远的男孩,令人喜爱,和我们那么心灵相通,却不知道他究竟在哪里,会是什么样子,还有比这更刺激的事情吗?

遇到不爱听的课,我和西西还爱上了玩一个游戏,那就是在纸上画出关于他的漫画，有时是长鼻子，有时是招风耳，当然更多的时候是酷毙帅呆，画完了嘻嘻哈哈一阵，再一张一张地撕掉，有些傻傻的快乐。

许仙当然不知道这些，他连我们是学生都不知道，所以有时，他也会在网上给我们送花或是亲吻我们什么的，弄得我满脸通红。

西西倒很会故作镇定，还回吻他，没脸没皮得要了命。

下了线我也想，网上的游戏嘛，开心就好啦，只要不让我妈知道就行。像我妈那样的老封建，知道了非剥我皮不可。

就像所有的游戏都会有高潮，没想到的是，有一天，许仙却突然对我们说他出差要经过我们的城市，问我们想不想见他。

"想啊想啊！"西西总是这样，大脑里想什么笔下就打什么，一点淑女该有的矜持也没有。

"那你想见我们吗？"我觉得相比之下还是我的回答比较有水平一些。

"想。"许仙说，"可是不太方便，我的火车夜里十二点经过你们那里，我换乘凌晨五点的车离开，要两个美女在车站的寒风中为我守候，我于心不忍啊。"

"想得美。"我断然拒绝说，"那当然是万万不可能的。"

但是最后，我们还是决定要去见许仙，因为他是我们第一个最谈得来的网友，而且他经过我们这里也是非常的不容易。最主要的是，他在我和西西的心里，的确是有那么一点点特别。至于

【没什么大不了】

是哪里特别呢,我也说不上来。

我对西西说:"过了这村怕是没这店了。"西西的比喻就更加离谱了,她说:"就把火车站当成断桥好啦。"

我狠狠地捏她一下,捏得她鬼哭狼嚎。

半夜出门可不是一件容易的事,我和西西想了一个自以为天衣无缝的好主意,我对妈妈说:"西西的爸爸妈妈出差了,我今晚去她家陪她睡。"

西西则对她的妈妈说:"小麦的爸爸妈妈出差了,我今晚去她家陪她睡。"

就这样,我们顺利地从各自的家中溜了出来。那天,我们在火车站附近的一家网吧呆到快十二点,就去车站接许仙了。我们从来没有那么晚还在外面过,西西怕得一路上紧紧地拽住我的衣服。

我们在出站口一眼就认出了许仙,正如他说的一样,他好高好壮啊,穿着一身蓝色的休闲服,背着一个蓝色的大旅行包,见了我们,嘴巴张成O字型。

"小白小青?小青小白?"

我和西西傻傻地点头。

"My God!"许仙说,"你们可有十五岁?"

"当然有。"西西笨笨地说,"快十六啦。"

许仙的脸有些微微地红起来,看来他也是一个有点羞涩的男孩,和网上并不太一样呃,他请我们到车站附近的茶坊坐,给我

们点很贵的饮料。很不好意思地说:"你们这样出来,回去该挨骂了吧?"

"没事。"我说,"我们有周密的安排。"

"那就好。"许仙松口气说,"我真的太感动了。"

"见到你我们也很开心啊。"关键的时候,还是西西的嘴比我甜。

那晚我们聊得很开心,虽然许仙比我们大了七岁,但是他并不在我们面前摆老资格,我们像在网上一样的平等,和许仙告别了好多天后,我和西西还对那晚的种种细节念念不忘并反复拿出来咀嚼。

【没什么大不了】

可是，自那以后，许仙却在网上消失了。

我和西西搞不明白是怎么一回事，难道他对我们失望了？我们一直在网上寻找他，都没有得到他的任何消息。那些日子西西和我沮丧透了，没有了许仙的网络少了许多的精彩，我们发誓不再和任何的网友见面。如果不是见了许仙，他没准还会在网上和我们聊得开开心心的呢。所以啊，网友见面真是这世界上最无聊最愚蠢的事情。

祸不单行，西西妈妈在商店里偶遇我妈妈，知道了出差的事子虚乌有，我们居然是在外面呆了一整夜，这还了得？

实在是没法解释，要是告诉他们那晚见网友去了，我估计他们是快要疯掉的。我和西西只好选择了最老土的办法：离家出走。

夜已深了，风冷冷地吹过我们的身旁。别看我平时比西西胆大，其实我现在一样的没了主意。

最终我们还是去了网吧，网吧里没那么冷了。

西西掏出五块钱，我们一人买了一包方便面呼哧呼哧地吃起来。

面快吃完的时候，西西眼圈红红地看着我说："真想我妈做的鱼香肉丝。"

那是个不大的网吧，生意也不好，几乎没有什么人。网吧的主人是个年轻的女孩子，她饶有兴趣地看了我和西西一眼说："第一次离家出走吧？"

我和西西不做声，警惕地看着她。

她轻轻笑着说："凭我的经验啊，你们一定是第一次。"

西西沉不住气地说："你怎么知道？"

"因为你们很紧张啊。"女孩说，"我第一次也是这样的。"

"你也离家出走过？"西西开始像个记者。

"对。"女孩说，"我这辈子做过的最蠢的一件事就是在十六岁的时候离家出走过一次，理由很简单，因为我妈妈不肯给我买新裙子。"

"后来呢？"西西接着问。

"后来当我回家的时候，什么事也没有。妈妈一句也没有骂我。"

"怎么可能？"西西说，"我妈可没你妈那么好说话。"

"很多事情都是被人自己想复杂的，只要你勇敢地去面对，没什么大不了的。"女孩笑着说。

我被她的话震动，开始和她搭话，并把我们和许仙的故事讲给她听。

她笑着说："许仙也许永远也不会再回来了，但我保证他会一直关注着你们。在他的心里，你们永远会是他的好朋友。"

"太深奥了。"西西说，"这样算什么好朋友。"

女孩说："其实你们应该感到幸运，深夜十二点两个小姑娘去见网友，没有遇到坏人。"

听她这么一说我和西西感到有点后怕了，你看看我，我看

【没什么大不了】

看你。

"当然更庆幸的是遇到我。"女孩又说,"你们叫我小艺姐好了,我要劝你们回家,十五六岁犯点错误没什么,一切都来得及从头开始。相信我。"小艺说到这里刚好有生意,就走开了。

过了一会儿,西西突然对我说:"小麦,我想我妈妈了。"

"我也想。"我没出息地说,"她那么爱哭,现在找不到我,眼泪可能会把我家的地板都淹了呢。"

"那我们回家好不好?"西西说,"我爸爸要是打我,我就忍住了不哭。"

"如果运气好,"我说,"也许真像小艺说的,什么事都不会有呢。"

我们跟小艺挥手告别,她把五块钱还我们,叮嘱我们打的,并祝我们好运。

事实证明,当我们勇敢地回到家里,我们都只是受到了一点点小小的教训就没事了。生活还是和从前一样,太阳照样升起,我们一样地上学放学,几天后,我们还收到了许仙给我们寄来的E-mail,他在信中诉说了那天见我们后的吃惊,并承认说他那晚真的是抱着泡MM的心情和我们见面的,可是真的没想到,我们会那么小那么小,并冒着那么大的危险跟他见面,让他所有肮脏的想法一扫而空。

最后,他还跟我们说谢谢。告诉我们虽然他不再用那个名字上网了,但他会一直关心我们并当我们是朋友。

这一切，和小艺姐的话是那么的相像。

我和西西又去了小艺姐那里。可是没想到的是网吧已经关门变成了一家五金商店，店主对我们说，网吧生意不好，所以转让了。

我们竟然没有机会跟小艺姐说谢谢。

不过我和西西会一直记得她说过的那句话：只要勇敢地去面对，没有什么样的事情是大不了的。

说得真好，不是吗？

【附赠短篇】

等过了第一个秋

等过了第二个秋

等到了黄叶滑落

等等到哭了

为何爱恋依旧

她等着他的承诺

等着他的回头

等到了雁儿过

等等到最后竟忘了有承诺

未完的小说

【未完的小说】

维丹利实际上并不叫维丹利，他的真名叫李游。

木子李，游玩的游。

不过他介绍自己的时候一般会说："李白的李，陆游的游。"然后很得意地一挤眼睛，踌躇满志得要了命。

维丹利是他给自己起的网名。还有一个定语，加在一起是：少年才子维丹利。

少年才子维丹利是我的忠实读者。

我的每一篇小说，他都会认真地阅读，然后给我写一封洋洋洒洒的E-mail，告诉我他的意见和建议。他的话有时很离谱，有时很中肯。但不管如何，我都喜欢读他的信，读的时候，多半是微微地笑着的。

我和很多的少年朋友做网友，但只有维丹利和我居住在同一座城市，这是一个叫丹城的小地方，有很多的雨，不下雨的时候，天空就飘着细细的灰尘，白衬衫只能穿半天，到街上逛一圈回来，领口和袖口就会黑了。维丹利在给我的信中说："我真不喜欢丹城，唯一让我喜欢它的理由是这里有你这么个大作家，能和你在同一片蓝天下呼吸，三生有幸。"

这话多多少少有些拍马屁的嫌疑，不过我想，一个十六岁的少年的马屁是可以照单全收的，这并不要紧。我想不通的是其实我的好多小说都是写给女孩们看的，维丹利为什么会喜欢它们呢？

　　我在给他的回信中问到这一个问题，他的回答是：喜欢还要理由的嘛？美美阿姨，虽然你小说写得好，但看来你并不是最聪明的哦。

　　哎，还这样将我一军！

　　然后他在信的末尾说："美美阿姨，我想见见你，可以么？如果可以，请打我的寻呼，我的寻呼号非常的好记，127—1589854。"

　　我发现我也有些想见维丹利，于是我打了他的寻呼。他在一分钟之内给我回电，很典型的大男孩的闷闷的嗓音，因为激动还有一点不易察觉的颤抖。我告诉了他我家的地址，再告诉他可以来看我的时间，他故作客气地说："会打扰你写作吗？"

　　我近乎恶作剧地回答他说："你要是真的担心，就别来？"

　　他并不笨，大笑起来说："美美阿姨你坏坏的，你耍我。"

　　"那你也别假客气。"我说。

　　"是！"他变得乖乖的。

　　挂电话的时候我想起一件事，我说："维丹利你的寻呼号码哪里好记来着。"

　　"美美阿姨你好好看看？"他卖关子。

【未完的小说】

"看得出来我问你?"我说,"我都看了半天了。"

"哎,1589854,就是'要我发,就发五次'的意思啊。"

我哈哈笑着挂了电话。

看来是个贪心的孩子,发一次不够还要发五次哩,呵呵。

维丹利来敲门的时候我刚刚洗完头,湿淋淋地去开门,吓了我好大的一跳。门口立着的是个高高的小伙子,差不多有一米八的样子,球鞋像两条小船,比我想象中的维丹利整整大出一号来。我找出我先生的拖鞋给他穿,他很勉强地套了一下,然后对我说:"美美阿姨你要是不介意的话我看我就不用穿鞋了,我的袜子很干净的。"

"如果不嫌我家的地板脏,"我说,"悉听尊便。"

我注意到他把脱下来的鞋很整齐地放回鞋柜里,然后很小心地在我家的沙发上坐下来,沙发整个地往下塌了下去,他有些不好意思地看着我。

"维丹利,"我递给他一罐冰可乐说,"原来是个帅小伙。"

"怎么你想象我不够帅吗?"他又将我一军。

"不是,是没想到有这么帅。"

"我也没想到美美阿姨这么年轻。"维丹利看着我说,"我决定要改叫你姐姐。"

"不可。"我正色说,"不能乱了辈分。"

他嘿嘿地笑,然后把头靠到沙发上,舒服地说:"真没想到,有一天我居然可以坐在一个作家的家里。"

"呵呵,作家也是凡人啊。"我说,"一种职业而已。"

"是种神圣的职业!"维丹利激动起来,"我做梦也想当个作家,美美阿姨你看我还行吗?"

"看不出来。"我笑笑地说,"你得让我再看一段时间才好说。"

"其实我想也不行。"他突然又没头脑地垂头丧气起来。

"为什么?"我好奇怪。

"我个子太高。"维丹利振振有词地说,"我还没见过哪个高个子能成作家的。"

"不成理由。"我安慰他,"有个写童话的作家我很喜欢,他叫彭懿,个子可不是一般的高。"

"可我才十六岁。我还要长。"

"这是什么逻辑?才华和个子一点也不沾边。"我懒得再和他理论,示意他喝可乐。

这时有风吹来,挂在窗边上的塑料袋一阵悉悉索索地乱响,维丹利突然很滑稽地把两条长腿抬得高高的,脸上带着紧张的表情问我说:"天啊,你家不会有老鼠吧?"

一米八的大高个怕老鼠?

我没好气地说:"要有,也就是你这只大老鼠!"

维丹利一边不好意思地拍拍头,一边变戏法似的从口袋里掏出两张纸来对我说:"这是我的一篇习作,请你指教一下好不好?"稿件递给我后便正襟危坐,虔诚的眼神逼得我不得不马上就看。

那是他最近听黄磊的新歌《等等等等》后写下来的一篇东西,全文如下:

在一个星期五的傍晚,我独自一人寂寞的漫步在一条并不繁华的大街上,无聊地嚼着口香糖,若无其事地望着天,与身旁匆忙的下班族们擦肩而过。

不知不觉走进一家熟悉的音像店,老板用一种贪婪的眼光看着我这个消费者,好像心里在说:呵呵,又可赚一笔小钱啦!

这家音像店还算大，在CD架上放满了谢霆锋、陈冠希、张柏芝、古天乐这些能让我恶心得上天入地、所谓的新新人类听的CD。站在这里的我虽说也是个新新人类，但是我不爱听他们的歌，爱听老一辈人唱的歌，有收藏价值的歌，而这些歌在这就很难找得到。用我的话来说就是：长江后浪推前浪，前浪死在沙滩上！

　　好不容易我才在一个几乎能结蜘蛛网的角落里看到一张背景是一片雪地的CD,于是拿起它一看，原来是黄磊的CD啊！再一看，上面写着几个让我怦然心跳的小字：一场世纪文学经典，十首文学主题曲的音乐盛典。这莫非就是我最爱的音乐和文学的结合！仅凭这几个字就让我拥有了黄磊的"等等等等"这张CD。

　　回到家后爸爸妈妈已经入睡了。我坐在昏暗的台灯下，面对发黄的淡淡的灯光下我掏出了这张CD，插入CD机，按下PLAY键，静静地听了起来，再拿出歌词，一边听一边看歌词，看到一些绝妙之处我就用笔抄到了笔记本上，抄到了一些关于爱情的句字，还不竟有些羞涩呢！

　　"等等等等"是这张专辑的主打歌，也是我最喜欢的。真佩服許常德的才华啊！他作的词有韵味，有品味，有内涵，给人一中发人深思的感觉。

【未完的小说】

不知不觉已经十二点了,一遍比一遍悲伤,一遍比一遍深沉,就这样我被这首歌给感动了,为痴情的翠翠感动;为翠翠爷爷的慈祥而感动;为这个没有结局的故事而感动,歌词是这样的:

这原是没有时间流过的故事,
在那个与世隔绝的村子。
翠翠和她爷爷为人渡船过日,
十七年来一向如此。
有天这女孩碰上城里的男子,
两人交换了生命的约誓。
男子离去时依依不舍的凝视,
翠翠说等他一辈子!
等过了第一个秋,
等过了第二个秋,
等到了黄叶滑落,
等等到哭了,
为何爱恋依旧,
她等着他的承诺,
等着他的回头,
等到了雁儿过,
等等到最后竟忘了有承诺!
一日复一日

翠翠纯真的仰望看在爷爷的心里是断肠。
那年头门当户对荒唐的思想，
让这女孩等到天荒。
那时光流水潺潺一去不复返，
让这辛酸无声流传！

听完了我看看挂钟，此时已经是晚间十二点了，我突然想起过几天就要月考了，而我的英语书还没背熟呢！还好明天是星期六，还有一些宝贵的时间呢！我不能等了，要努力背啊！

黄磊，你原本为爱情而歌，却让我听出时间的珍贵性和时间的流逝之快啊！

老实说维丹利的文采平平，文字有些幼稚。
我看完后就笑了。
维丹利很紧张地看着我说："你笑什么？"
"写得不错啊，"我还是鼓励他，"就是有太多的错别字，比如不竟（禁）有些羞涩，一中（种）发人深思的感觉……"我拿了稿子，一一指给他看。他的头费劲地低下来，强词夺理地说："我打电脑打的是双拼，快了就没注意，其实这种字我当然不会写错的啦。"
"那么，"我再问他，"文章的结尾是在唱高调呢还是你自

己真正的想法呢？"

"当然是我自己真正的想法！"他抬起头来看我说，"美美阿姨，我是一个勤学苦读的好少年呐。"

"那就好，"我说，"写作一定要写最真实的感觉，我想这个很重要。"

他似懂非懂地点头，然后跟我说谢谢。

走的时候我送他我的书，给他签名的时候想起来问他："为什么给自己起名叫维丹利呢？"

他诡秘地一笑说："这三个字代表三个城市。维也纳是我最喜欢和最向往的地方，丹城是我最讨厌的地方，至于利是哪里，保密。"

嘿！

我再问他："真名叫什么呢？"

"李游。"他说。

"木子李，游玩的游？"

"不是。"他正儿八经地纠正我说，"是李白的李，陆游的游。"

我有些哭笑不得。问他书上签什么名，他想了想郑重地说："当然是真名，这是正式的场合嘛。"

我一直送他到楼下，他骑的是很漂亮的捷安特跑车，刚挥手跟我说再见，人就一溜烟不见影了。

我总觉得，像维丹利这样高高大大的男孩，喜欢的应该是

NBA之类的运动才对，偏偏他喜欢文学，还想当作家。

不过人各有志，有理想就不错呐。

一个小时后我收到了维丹利从网上发过来的信，他在信中说："美美阿姨自从见过你之后我一直很激动，你真的比我想象中要年轻漂亮好多，而且我没有想到一个作家会这么的平易近人，这更加坚定了我要当一名作家的信心。我在这里有一个不情之请希望你可以答应我，你可以替我写一篇小说吗？如果可以的话，我可以告诉你我的很多的故事。你要是愿意听我的故事就再打我的传呼，我的传呼号你该记得住了吧？不过我还是再说一次放心些：127—1589854。

祝你佳作频出！"

我当然没有再打维丹利的传呼，作为一个专业作家，我有很重的写作任务，不一定会有空来替一个孩子实现他的愿望，不过我给他回了一封信，我说："美美阿姨也很高兴见到你。至于你要我写你的故事，你可以在网上把你的简介和你自己认为精彩的故事一一地发给我，等到我觉得可以写了，我会写的，你看好吗？

高个子的怕老鼠的男生维丹利。祝你夏天快乐。早日梦想成真。"

维丹利的回信三分钟后就过来了。他说先把简介给我，至于故事吗再慢慢地讲给我听，他的简介空洞自大得让我哭笑不得：我呢！是个好人！是个天才！是个文学少年！是个网络神童！是个音乐小子！哈哈！总之我是个全才！

【未完的小说】

我把它放在了一边。

总的来说，维丹利算是个有趣的孩子。

再和维丹利有联系已经是秋天了。

秋风瑟瑟，丹城的绵绵秋雨更是下个不停，维丹利给我电话，在那边苦恼地说："美美阿姨我遇到麻烦了。"

"说来听听？"

如我所料，维丹利的苦恼和一个女生有关，他有气无力地说："我好惨，被一个女生缠上了。"

"应该高兴啊。"我说，"说明你有魅力啊。"

"什么啊，"维丹利说，"那女生长得像河马。"

"嘿！"我说，"不可以貌取人！"

"天地良心！"维丹利说，"我只是实话实说。我的形容一点也不过分！"

"那好吧，"我感兴趣地问道，"说说她怎么缠你？"

"她不是约我去看电影，就约我陪她去滑冰，要不就问我一些很弱智的题目，还把我写的诗放在她的文具盒里！"

"你写诗给她？"

"怎么会！"维丹利大叫起来。

"那她怎么会有你的诗？"

"我不过是想让她提提意见，没想到她把它当作宝贝。"

"哎，"我说，"那能怪谁？"

"你说我该怎么办？"维丹利谦卑地问，视我如救星。

【未完的小说】

"直接告诉她你不喜欢她不就行了?"

"那不行,女生的自尊都是要了命的,我可不想伤害她。"

"那就试图离她远些?她自己应该会明白的。"

"她像蚂蟥一下吸附着我。"维丹利用了一个我很难接受的比喻,他说,"每天打我五次以上的传呼,我要是不回,她就接着打,我妈妈都觉得不对劲来了。"

"那是有些头疼。"我说,"帅小伙的事情就是多。"

"你还有心思笑话我?"维丹利不满极了,"对了,你写我的小说写得怎么样了?"

"还没写呢!"我说,"你还没告诉我关于你的足够多的故事,我总不能瞎写吧。"

他好失望:"其实不要紧的,我更希望看到你想象中的我,我想知道美美阿姨是怎么想象我的呢?"

"那你想我把你写成什么样?"

"没所谓!"他很大方地说,"只要是好人就行,要比你其他小说中的男生更懂事一些,更美好更善良一些。"

"要求这么高还说没所谓?"

"嘿嘿。"他笑着挂电话,还不忘吩咐我,"快点写哦,我可等着看呢。"

我还没来得及构思他的故事他的电话又来了,这一次的电话仍然是和一个女生有关,不过是换了主角而已。

"美美阿姨我遇到麻烦了。"一模一样的开场白。

我给自己倒杯茶听他慢慢说。

他说:"我喜欢上了一个女孩子。"

"是不是河马现在看着不像河马了?"我疑心他被那女生打动,无法再坚守自己的立场。

"才不是。"维丹利说,"这个女孩是我小时候的邻居,我以为我再也见不到她了,没想到她又出现在我的生命中。我终于等到她了。"

"你的'等等等等'就是为她写的?"我恍然大悟。

"天机不可泄露。"维丹利说,"你也不许把这个写进小说里。"

哦?

如此地护着这个女生,看来她对于维丹利来说真的很重要。我开玩笑地说:"我就写!不然小说不精彩呢。"

"一定要情情爱爱的才精彩吗?"他对我表示不屑,"有的时候,你的小说就是肤浅在这个地方。"

说完了怕我不满,又赶紧加上四个字:"恕我直言。"

"呵,说吧,这女孩好在哪里,让你这样为她欢喜为她忧?"

"不知道。"维丹利说,"小的时候她穿条白裙子,像个小公主一样跟在我后面,不过她长大了比小时候更漂亮,像'清嘴含片'的女主角哦。"

"难怪。"我说,"你以貌取人的臭毛病不改,活该!"

"天地良心。"维丹利说,"她就是长得像河马一样我也喜欢她。"

"看来她并不喜欢你？"我说。

"是的。"维丹利说，"儿时的一切，她竟然忘了个一干二净，我那时替她打过多少架啊。谁敢对她使白眼我都豁出去为她拼一架哦！"

"忘恩负义的女孩，"我说，"忘了她也罢！"

"美美阿姨你说得轻巧。"维丹利说，"我上次骗了你，你知道我为什么起这个网名吗？其实她叫丹妮，我的名字的意思就是'为丹妮'的意思。"

"为她做什么？"我问。

"做什么都可以。"他答。

"够傻。"我批评他。

"是有点。"他承认。

我说："维丹利好吧，等我有空一定替你写一个故事。"

"别写丹妮。"维丹利说，"她要是看到一定会不高兴的。她不喜欢我把我们小时候的事情到处说。"

"好的。"我答应他。

"美美阿姨，"维丹利说，"我要是作家多好，我自己写一个故事送给她，我想她一定会喜欢的。"

维丹利啊，傻傻的高个男生。

我给维丹利的小说开始动工了。

我为他设计了很多有趣的故事，我感觉我小说中的维丹利比生活中的他要更加的有趣很多。我想维丹利会喜欢这个人物。奇怪的是维丹利很久都没有跟我再联系，小说快要完工的时候我想到了该让他先看看这篇小说，我想听听他的意见。于是我打了他的寻呼，他的寻呼号码的确是很好记，我都没有查通讯录。

但是回电话的不是他，是一个女人的声音。问我是不是找李游。

我说："你是？"

"我是她妈妈。"

我赶紧说："哦，我是美美。"

"是作家美美吧，"维丹利妈妈说，"我一直想给您打个电话，但一直又有些犹豫，怕打扰了您。"

"维丹利，李游他怎么了？"我的直觉一向灵敏。不祥的预感直直地冲向脑门。

"他在医院里，住院一个多月了。"

果然。

"哦？"我说，"他得了什么病？"

"不是病，"维丹利妈妈说，"他身上被人砍了七刀！有一刀差点致命。"听得出来，维丹利妈妈在强忍着她的悲伤。

"在哪个医院？"我说，"我这就来看他。"

我才走到医院的门口就一眼认出了维丹利的妈妈，维丹利和她的妈妈长得很像，特别是眼睛，简直就是一模一样。她很感激地对我说："谢谢你能来。"

"应该的。"我说,"我和你儿子是朋友,我来迟了。"

"李游这孩子……"维丹利妈妈叹口气想说什么,但是没说。

我问:"为什么会出事?"

"他是见义勇为。有三个小混混抢劫一个女生。"

"那女生她认识?"

"认识。"维丹利妈妈说,"他们是老朋友。"

不用说,一定是为了那个"清嘴含片"。

维丹利曾经跟我说过,为了她,做什么都可以。

这个连老鼠都怕的男生呵。

我在病房里看到维丹利,他有些苍白,但精神还算不错。见了我,很高兴。贫嘴说:"你是在电视里看到我的英雄事迹的吧?我在电视里是不是要更帅一些呢?"

"我不看电视。"我说,"错过了真是可惜。"

"现在可以替我写小说了吧!"维丹利想了想又泄气地说,"不过那样的小说也挺没劲,歌功颂德的。"

"我才不会歌颂你。"我趁他妈妈去替我倒水,悄悄地附在他耳边说,"那是为丹妮啊,要是别人我不相信你有这么勇敢哦。"

维丹利很奇怪地看了我一眼,然后得意地说:"作家就是想象力丰富。不过这次你想错了,我救的可是河马!"

我惊讶。

"其实不管是谁,我都会救的。"维丹利愤愤地说,"我不是表扬我自己，他们抢钱就罢了，居然扯人家女孩子的衣服，真是下流到了极点！"

我有些脸红，我很惭愧，我可以看不上一个少年的文学水平，但是我无权低估他的人格。

我替维丹利理理头发，听他告诉我说："出院后不会再整日想着如何成一个作家了，还要好好锻炼身体，不然白长了这么高的个儿，全面发展才能叫真正的才子！"

我微笑着说："对。"

"当然我最终的理想还是当作家。"维丹利又迂回过来，"这是我永远也不会放弃的理想。"

"那就努力吧。"我跟他握手，他的手好大，整个的包住我的手。

他嘿嘿地笑。

走出医院我也没有告诉维丹利我写给他的小说其实就快要写完了，而且我不打算写完它，那些我自己编出来的故事苍白极了，要是发表了，可真是对维丹利不负责任的表现。最重要的是，我要把这个机会留给维丹利自己，这个精彩的故事，写作和阅读的过程都可以由他自己来完成，我相信维丹利可以比我做得更好。

我深信不疑。

【附录】

我和我的双鱼

雪漫的话

《双鱼记》是我自己很喜欢的一篇小说,写的时候,经常想到我自己的好姐妹。

在友情方面,我一直是个幸运的人,有从初中开始就不离不弃的同桌好友,有交往长达20年的笔友,还有一个虽然会跟我打架但是亲得不得了的妹妹。

友谊里难免有波折,一只鱼缸里的双鱼,当然难免磕磕碰碰。

只要始终记得我们是相爱的,就好。

我和我的双鱼

【附一】姐妹也是双鱼

这是属于我和姐姐的故事，有甜蜜的过去，也有酸涩的回忆。

一起走过的日子，各自成长的历程。

让我们共同分享——

记忆的淡淡花香

文：饶雪莉

当我还在妈妈肚子里的时候，妈妈问姐姐你想要个弟弟还是妹妹？姐姐毫不犹豫地说要妹妹。于是在姐姐五岁时的那个冬天，我来到了这个世界。

小时候的我是个霸道之极的家伙，时不时爱高高举起右手的巴掌凶老姐："我打你。"但姐姐也不是个省油的灯，在我还不会从小床上坐起来时，姐姐吃了挂在小床顶上的香蕉却大言不惭地说是妹妹偷吃的，让爸妈忍俊不禁。

就这样吵吵闹闹地长大，好时如胶似漆，哪怕从姐姐背上跌下来摔出了鼻血我也无所谓。恨时咬牙切齿，巴不得对方立即从眼前消失。

真的消失了，又是寂寞与依恋丝丝缕缕地缠上心头。

我和我的双鱼【附录】

那是姐姐十一岁时吧，因为爸妈工作的关系，姐姐只身一人到了另一个城市寄居在姨妈家。

我开始孤独，虽然六岁的我还不知道什么叫做孤独，但是没有人再陪我买零食吃，没有人再教我去翻操场上的双杠，没有人再和我一起去扯野菜来凉拌，也没有人再和我一个钉子一个眼互不相让。

最盼望的是假期和妈妈一块儿去姨妈家看姐姐，每次去姐姐总是十分疼我，给我讲许许多多的新鲜事。

那时候我家的生活条件赶不上姨妈家。记得有一次，我们一到，姐姐就把我拖进里屋。

"妹妹，妹妹，你看我的电子表，能发光的哟！"

我俩在大热天钻进厚厚的被子看着姐姐摆弄闪光的电子表，心里甚是惊喜："哇，好漂亮耶！"

"我每天都吃很多冰糕，今天吃了八支，很好吃的。走，我带你去买。"姐姐操着这个城市的方言自豪地牵着我的手。

其实现在想来，姐姐今天的成功除了胆大以外，离开爸妈的这段时间也让她学会了独立与坚强。

总之，那段日子我是多么羡慕老姐有闪光电子表戴有好多冰糕吃、羡慕她会这个城市的口音、羡慕她已经长成的少女模样和那头直直的长发。羡慕得心里发慌，我要等多久，才会拥有这一切呢?

终于我们全家顺利地迁移到了姨妈所在的城市,这是个以灯会和恐龙闻名的城市,要比我们的小城大许多,一切在我的眼里都是新鲜。以至于深夜车子刚刚抵达,坐在妈妈怀里的我望着满城的灯光,忍不住兴奋地大叫:"灯会,灯会!"

我们有了属于自己的房子,我和姐姐又生活在了一起,住同一间小屋,吃同一桌饭菜。

套大人的话说我俩是典型的"远香近臭",分开时无比亲密,相聚时战火四起。

我们会拿着很少的零花钱去买老太太小摊上的麻辣三丝一起享受;我们会躲在被窝里用手电筒看书,不过我一般不看也不太懂。姐姐看时,我最大的玩乐就是把自己想象成地下党员埋伏在山洞里,时不时还自言自语一番。

这种一个人的游戏让我在以后的日子里学会了享受孤独。

当然更多的时候是对对方的不满,妈妈给我睡了新床,姐姐会冷淡我好几天;姨妈给姐姐买了新衣服,我会忽悠一下钻进桌底下号啕大哭。吵架打架谁占了上风都会举起双手大声呼叫我赢了我赢了,势必从气势上压倒对方。

那时刚刚流行崇拜偶像,印象中,姐姐每天都坐在书桌前听小录音机。国语的粤语的,缠绵的忧伤的,没钱买新的磁带,就到同学那儿去录,录回来听到好听的歌便将歌词抄下来,往往抄一首歌需要按好几次暂停和回放。当时的我才念小学,不太懂歌词的内容,但歌里的感情却也在不知不觉中体会。我想这也是现在我们姐妹俩都喜欢听歌的原因吧!

不富足的日子有歌为伴,渗着甜蜜的满足。

不知什么时候开始,姐姐喜欢上了齐秦。时常剪回他的一些画报收集起来,小屋里也常常回荡起那个有些伤感有些凄美的声音。

天真的我认为也该有属于自己的偶像,于是台湾歌手潘美辰成了我与姐姐抗衡的目标。我俩将各自偶像的画报贴在自己的床头。好时互不干涉,吵时就跳上对方的床挥舞着拳头打对方偶像。不知道姐姐如何,反正当时我是真打,以为真的将齐秦打到鼻青脸肿解了心头之气,根本没想过痛的是自己的手。现在每当妈妈提起我俩小时侯的事,这件事总是让她记忆犹新。

记得那时的礼拜二下午学校都是放假,我和姐姐在家的时候,姐姐总是关上房门还千叮万嘱不让我进去。我自然求之不得。因为外面的两间大屋都是我活动的天地,我可以披着纱巾抹着花粉扮演仙女在屋里飞来飞去……

"没经我的允许,你也不准出来哦!"我很认真地对姐姐说。

现在想起来,姐姐那时在小屋里开始编织自己的文学梦,我在外屋编织自己的幻想梦,各自的天地,不同的梦,不管实现与否,都是最美的记忆。

我渐渐地长大了,长成了一个如花的少女,也有了清纯的模样直直的长发。姐姐却开始留起了短发。每次洗完头,姐姐帮我吹干时,总不忘替我设计发型。

"这样很美,迷倒一大片!"姐姐抚摸着我的长发打趣。

随着年龄的增长,我们之间的矛盾越来越少,感情也愈发的好了。

姐姐的梦想终于推开了门,她的文章陆陆续续在《少年文艺》上发表。她总是趴在书桌上一个字一个字地写啊写抄啊抄。即使是在白天她也把窗帘拉得严严的扭亮昏暗的台灯,那盏橘黄色的小灯成了姐姐当时最好的朋友。

每一次完成一篇小说,我总会叫姐姐拿给我看。我总是说我是她的第一编辑,只要我通过了绝对OK。

永远记得那个夏日的午后,我俩躺在小床上,姐姐给我背她新写完的小说《塔里的女孩》,字字句句,温柔低吟。

"我叫静,很普通的名字,但是我的美丽注定我今生今世无法做一个安分守纪按常规长大的女孩……"

听完那个故事,年少的我心中涌动着一种很复杂的感动。

我和我的双鱼【附录】

"真好,真好!"我不断重复着。

今天,虽然姐姐已经写了更多更好的故事,出了很多精美的书,但是我最喜欢的还是那篇《塔里的女孩》,它也许很青涩,也许不时尚,但它让我懂得了美丽的另一些含义,也让从小爱美的我在成长的道路上比同龄人多了几分冷静和睿智。这想必是姐姐也不曾预料的。

我们还爱做的一种游戏就是我拿书卷成话筒样递到姐姐面前,"请问饶雪漫作家,你成名后有些什么感想?"

姐姐总是配合地装腔作势一番,然后和我笑得东倒西歪。

但是,快乐在那个年龄是一种奢侈,成绩下降,高考失败,复读一年,爸妈忧心……种种的疼痛接踵而来。家里蒙着一层看不见的阴影,姐姐有些却步、有些沉默,但是我知道她并没有放弃。内心的文学梦被学习压抑在最底层,蓄积着、等待着喷涌而出的一天。

终于姐姐考上了本市一所很普通的大学,算是对她学习生涯的一种安慰。

而我似乎隐隐中感受到了考大学的沉重压力,毫不犹豫地选择了念中师。

就这样,我俩再次分开。姐姐留在本市,十五岁的我去了另一个小城初次开始独立的生活。

爸妈和姐姐送我去念书的那天,姐姐给我买了一大包零食,还自私地对我说:"你晚上躲在床上吃别让其他同学看见了。还有你要装着什么事都不会做的样子,这样别人才会帮你;想家了就回来反正隔得不远……"

我从来不曾觉得老姐有这么唠叨过。

临走时,姐姐偷偷将五元钱塞到我的掌心,"拿去零花吧!"

要知道当时的五元钱可以买很多东西,我捏在手里,捏到潮湿。

家人一走,背过身去,我的泪夺眶而出。

姐姐一拿到稿费,总不忘给家人买些礼物。记得最清楚的是姐姐给我买的第一身衣服,那是一套棕黄色的灯心绒马甲套装。我穿着它去学校引来好多羡慕的眼光,我穿着它站在学校礼堂的舞台上演讲姐姐写的故事,一举拿到了第一名。我永远记得某个评委老师激动的语言:"特别是新生饶雪莉能有这么精彩的演讲简直让我震撼!"

"我说她真漂亮!"

"她的头发好美哟!"

"像电视里的明星×××。"

……

我和我的双鱼【附录】

我骄傲地穿过台下的人群，在众多眼光的频频回首中去体会一种小小的成功，获得一份大大的满足。

在姐姐的鼓励下，我写了一篇文章《紫浣花》发表在当时的江苏《少年文艺》上，虽然也陆陆续续收到一些读者的来信，但敏感的我总觉得不如姐姐的故事那般轰动。黯然的失落感满满占据了我的心。

那段日子的情绪是百度挣扎的，在学校我参加各种各样的比赛光彩照人，享受着站在高处的喜悦；在家里妈妈逢人便夸姐姐是如何如何的出色，还拿出她的文章和刊登在书上的照片来炫耀自己的女儿。每当这时，一旁的我总是悄悄离开。

我觉得自己很蠢，居然还想和姐姐走同一条路，在她的光芒下，我是找不到方向的。

那时一个不很熟的朋友说我像《一帘幽梦》里的紫菱，真是说到我心坎上去了。是的，有一个被父母视为荣耀的掌上明珠，自然我会在她面前"相形见绌"了。见绌的我只好用满身的棱角武装着自己。

现在想来，当时的我是被嫉妒冲晕了头脑。但那个年龄独有的特质和强烈的叛逆感让我自卑地丢下了刚刚拿起的笔。

我心中的伤口是没有人看到的,只等待着它慢慢去愈合。

为了追求自己的爱情和梦想,姐姐大学毕业后去了江南一个陌生的城市。姐姐走时,我十七岁,并没有太多的伤感,十七岁是一个充满迷茫且自以为是的年龄。

姐姐在远方继续追求自己的梦想,她当时传回家中的信息都洋溢着幸福与喜悦。她就是这样一个典型的乐观派,用父母的话说是"报喜不报忧"。

其实远在他乡,陌生的城市陌生的人群,初涉人世,一切都是起步。其间会有多少艰辛与疼痛也只有她自己才能细细咀嚼。

我毕业了,工作了,像许多同龄的女孩一样肆意挥霍着自己美丽而虚无的青春。

我渐渐忘记了心上的伤口,年龄让嫉妒变成了欣赏,我在远方读姐姐写的故事,就像年少时喜欢牵她的手一样,绵软而细腻。我也开始像妈妈一样逢人便炫耀:"喏,我姐的书,她是作家耶!"

我开始思念姐姐,坐在一个人的小屋回想我们快乐的过去。

那个星空迷离的夜晚,我在姐姐曾经喜欢的书桌前给她写信,我不记得写了多少、不记得写了些什么,甚至不记得那封信最后究竟寄出没有,但是我却记得我一直在流泪,止不住的那种。

　　我的工作干得渐渐出色，2002年的秋天，我代表四川省赴杭州参加一个全国的优质课献课比赛。这在我们这所城市的教育系统中几乎是前所未有的殊荣。刚好姐姐也要在相同的时候到那里去做电台的一档节目。

　　于是很有缘分的，我俩在西子湖畔相见。

　　我给姐姐带去了一包家乡的小吃，姐姐穿着一身夸张的花衣服，笑嘻嘻地舔手指，依旧像个小孩子般的馋嘴。

　　我绘声绘色地给她讲我的学生，讲他们调皮可爱的趣事。

　　"把它写成书啊！"姐姐大大咧咧地说。

　　"开玩笑，我哪行啊！"我连忙推脱。

　　"怎么不行？你行的！我们饶家的孩子都很聪明。"

　　于是回到家，我开始了自己的创作。

　　起初很艰难，打字的速度比较慢，再加上很久没在头脑里组织过语言，难免有些生涩。但是到后来，越写越兴奋，一个个生动活泼的字在手指下雀跃跳出。

　　白天上班，晚上写作，不到三个月的时间，我完成了自己的第一本书《落入凡间的精灵》。感谢我的第一批学生，是他们给了我写作的灵感，感谢我的老姐，是她给了我写作的信心。

　　终于觉得自己的生命不再虚浮，不管今后在写作上有没有突破都变得不重要，因为我已经有了一些踏实的记忆可以印证过去与未来。

说爱太肉麻，老姐我想对你说，今生能和你做姐妹是我的幸福。这剪不断的亲情将永远缠绕在我俩的生命里。

祝福你在江南的天空下一路阳光，灿烂绽放。

而我也将微笑前行，活出自己人生的精彩。

你我的路上都会有记忆的淡淡花香馨然相伴，我已经闻到了它的芬芳，你呢？

一直想写一篇关于我和姐姐的文章，但每次开始都被泪水淹没。

我是一个脆弱且爱哭的人，从小就是。

因此最佩服老姐的是她的勇敢。

原来写文章也是需要勇气的。

但我终于还是将它完成了。

完成了，含泪微笑。

推开记忆的门

文/饶雪莉

关于我和姐姐的往事,我曾经记在《记忆的淡淡花香》里。我写完流泪了,老姐看完也流泪了。不过她好像越发贪心哩!说不够不够,让我再多写一些。

我本是一个念旧的人,喜欢无端地陷入一些回忆。而姐姐,是一个喜欢向前冲的人。那些往事,如果我不提起,想必她已经忘记。所以,为了满足她对自己过去的好奇,我不得不再次推开记忆的门——

【随意】

姐姐从小就是一个不爱打扮的女孩。那时候,她身材瘦小,又总是穿宽大的衣服,背大大的书包,走在人群中,绝对的不起眼。倒是那双黑漆漆的大眼睛是她的标志。虽然别人常说我的眼睛大,但是在姐姐面前,我自惭形秽。小时候,她总是眨巴着大眼睛嘲笑我的"小眼睛",而我也总是追着喊她"油邋片"。这是老爸给她起的绰号,因为她的衣服总是穿得东一块脏西一块泥。

直到现在,虽然她每天买衣服,换衣服,但绝不走时尚路线,而坚持走休闲路线,穿平底鞋。其实就图个舒服方便!

【懒散】

说到懒，我们姐妹绝对可以一路PK到底。起床不叠被子，理由是晚上还要睡；换下的衣服堆在一起洗，理由是洗一次更节约水电；从不进厨房，理由是要专心事业；房间凌乱，理由是艺术家都是这样……

记得那时我们住一个房间，每次老妈叫整理房间时，我俩都埋怨是对方搞脏的。姐姐离开家以后，妈妈对我说："现在你一个人一间房，看看会不会干净些。"结果是，我的房间依旧凌乱，姐姐在那边的房间估计也不相上下。应了爸爸妈妈常说的那句家乡的俗话："你们俩，大哥不说二哥，两个都差不多。"

可是，我还是觉得姐姐比我要懒那么一点点。有例为证：一次我去她家玩，我和她到书房找一本书。她胡乱地在书柜里翻了一通，终于翻到了那本书。可是在抽下书的时候，她的胳膊肘将书柜边一大沓书"哗啦啦"地带到了地上。我刚准备过去帮她捡，可知我老姐，居然拿起她要的书转过身向我调皮地耸耸肩伸伸舌头示意我快跑，好像不是她家似的。我彻底无语了。

【撒谎】

妈妈最爱对我说："你姐的话，丢头大。"

我和我的双鱼【附录】

姐姐从小就具有撒谎的天分。因为撒谎,她没少被爸爸妈妈教训。教训她的时候,我就躲在一边,静静地看,在心里对自己说:我可千万别撒谎,要做个乖孩子。

所以,我从小就胆小,不敢做错事。但姐姐"屡教不改":高考时,偷偷写作;大学时,逃课去看齐秦的演唱会;毕业后,只身一人远去江苏;为了写作,居然瞒着父母辞掉了电台的工作……

而我,循规蹈矩地成长着,为数不多的撒谎,好像也都是为了掩护她的种种"违规"行为。

有时,读到姐姐的小说,我难免会想:这么多波澜起伏的故事确实需要一个爱撒谎的人才编得出来啊!

【流泪】

记忆中,姐姐大大咧咧,不是一个爱流泪的人。倒是我,动不动就泪水泛滥。不过,姐姐的两次眼泪给我留下了深刻的印象。

第一次:是我念小学一年级的时候。有一天下午放学,姐姐回家,看起来虚脱无力,很不舒服的模样。回来就躺在了床上。当时我正在旁边的书桌上做作业,遇到了一道难题不会做,于是我大声喊:"姐姐,过来给我讲讲这道题。"姐姐不睬我,我继续喊。她很小声地说:"妹妹,你自己拿过来我看好吗?"

"不行不行,你过来给我讲嘛!"小时候的我是个不折不扣的霸道家伙。

　　看见姐姐还是不起床，我在书桌上开始发脾气，又扭身子又蹬脚。突然听到姐姐的哭声，她躺在床上流泪了。因为很少见姐姐流泪，我当时也吓傻了。后来才知道姐姐是发烧了，身体很不舒服。我知道自己错了，可是碍于面子，一直没跟姐姐说对不起。以后每当姐姐伤我心的时候，我一想起这件事情，就觉得扯平了，心里也不怪她了。

　　我知道了，病痛不会让姐姐流泪，但委屈会让她流泪。

　　第二次：是姐姐到江苏去的第二年，我和爸爸妈妈去南京看望她。那时候，姐姐刚丢了一份工作。不过，她瞒着我们，一直开心地陪我们在南京游玩。在她的脸上，根本找不到失业的阴影。也许是姐妹的心灵感应，我当时总觉得有什么不对劲，特别是看到姐姐存折上少得可怜的数字时，我知道了姐姐的状况肯定不像她说的那么好。临别的时候，姐姐送我们上火车，我看到了她眼中的泪水。我知道了，生活的窘迫不会让姐姐流泪，但亲人的别离会让她流泪。

【温柔】

　　对姐姐最温柔的记忆是她绵软的手心，小时候，喜欢屁颠屁颠地跟在她后面，期待她牵着我。长大后，喜欢和她手牵手地逛街，买漂亮衣服。那年在南京，我们俩都已是工作之人，因为个子小，娃娃脸，牵着手过马路，居然被别人叫"两个小孩"。呵呵，乐得我俩不行！

　　姐姐谈恋爱那阵，看着她和姐夫手牵手地走在我前面，我只能默默地跟在后面，我的心里别提多难受啦！总觉得是姐夫抢走了我的老姐，暗地里对姐夫咬牙之忿忿。直到我也恋爱，我才明白，爱情是亲情不能取代的。当然，亲情也是爱情冲淡不了的。姐姐，她永远是我的姐姐，永远会温柔地呵护着她的妹妹，怎么也不会改变。

【成精】

　　姐姐写作的速度不得不令我啧啧惊叹！在我看来，她天生就是一个会编故事的人。所有的人物在她的笔下都能神奇地自然地交织在一起，让你跟着呼吸跟着纠结跟着惊讶跟着疼痛跟着叹息，我的老姐已成精——故事精！

　　有朋友问我写作的人大都有些神经质，你老姐是不是那样？我仰天长笑，她绝对正常。不时尚不张扬不另类不抑郁不颠沛流离不愤嫉世俗不独居没诽闻，她个性大大咧咧，像个长不大的小孩子。如果非要找点不正常的地方，就是有时不太好笑的事情，她也笑得过于夸张。

私底下看我姐，真不像是写小说的人，不像不像。可能成"精"的最高境界就是这种不像。正如武功里面的最高境界是虚幻无功，静中发力，意念取胜一样。那些看着"像"作家的也许还没练到我姐这种地步吧！

【尾声】

很早以前，张宇有一首歌叫《小妹》，我第一次听，是在网吧里。当时，竟然想到我和姐姐，突然泪流满面。于是把歌词改编成了《老姐》，写的是我和姐姐的故事，本想发给姐姐，不知怎么又忘记了。

今天，就用歌里的几句话作为结尾：
"老姐老姐，我们有温暖的过去，我们有幸福的现在与美好的将来，老姐老姐，该去的会去该来的会来，命运不能更改⋯⋯"

我和我的双鱼【附录】

【附二】我的双鱼友情

漫儿青春花絮

文/陈燕银

作者介绍：雪漫初中时代的好友，雪漫的小说《黄丝带》，就是写的自己和燕银的故事哦！

今年成都的晚秋有些冷，但回忆漫儿的时候，心里甜蜜而温暖。突然间想透露漫儿青春时期的过往，给爱她的漫迷们，因为漫儿在那时就是一个与众不同的好孩子。其实，早在漫儿十三四岁的萌芽阶段就预示了她会有一个灿烂的明天。

"我叫饶雪漫，在一个雪花纷飞的早晨，我呱呱坠地了，爸爸妈妈希望我在漫天大雪中不要迷失方向，给我取名雪漫……"那是第一次见到她，从江安的一所学校转到我们班时用她不太标准的普通话做的自我介绍。很清纯的一张脸，明亮的眸子，瘦小的身材，穿一件花棉袄，她不俗的表现赢得掌声一片。想起报到时班主任给我意味深长的提醒："我们班这学期要转来一个新同学，我看了她的简历，成绩很好，是你一个很强的竞争对手。加油哦，你的全年级第一不可落榜啊！"听完她的自我介绍，一下觉得果然不凡，喜欢了她富有诗意的名字，特意多看了她一眼。

她的大方给我留下了很深的印象，直到现在。

"我们能成为好朋友吗？"这是不久以后漫儿在一节体育课上给我的纸条，当时我很惊讶，稚气的我以为好朋友是自然而然走到一起的，不是以这样的方式。而且班上本就有一个女同学和我特别要好，我不能背叛她，认为友情应该像爱情一样专一。

所以，我心里虽然高兴但在犹豫。准备和我那朋友商量一下，再回答漫儿。没到下课，便把这事告诉好朋友，万万没想到她说了这样一段话："其实，我知道饶雪漫想和你做好朋友，你们俩的成绩都很好。她刚转来，和她爸爸一起刚到这个城市，她妈妈和妹妹要晚些时候才调来，她更需要你的友情。你是班长，真该关心她，我很愿意你们成为好朋友！"

听完这段话，一种暖流涌上心头，多好的朋友啊！我决定两个朋友都要，面前这位不能失去，漫儿也不能拒绝。于是，我走到漫儿面前，笑着告诉她，我很高兴并愿意和她成为好朋友，向她伸出手去，两只小手紧紧地握在一起。只是，当时我们都没有想到，这一握，就握出了一生的友谊！聪明的漫儿，勇敢的漫儿！

这以后，我们一起学习，互相帮助，边走边谈。她教我如何写作文，我给她讲数学难题，提醒她平舌音和卷舌音的区别。半年以后的期末考试，漫儿把我挤到了第二名，让我第一次尝到第二的滋味。我只觉得遗憾，但是真没有一丝嫉妒，只是把她当成自己的目标，心里佩服着。然后，她又在学校首届即兴演讲比赛中一鸣惊人，夺得第一。那以后，漫儿变得更加自信，我们的友谊也日渐深厚，学习越来越好，冠亚军两席位被我们轮流占据了很久。老师也常拿我们做"近朱者赤，近墨者黑"的最佳说明，引来无数羡慕的目光，在学校名气不小。

　　值得一提的是，漫儿当时不仅作文写得好，她还是英语课代表和化学课代表。她真有灵性，学什么都快。英语老师最喜欢她，她的口语也特棒，与老师幽默风趣的对话让大家佩服。英语老师对她寄予厚望，认为她以后一定会考上某重点外语学院然后出国深造。要不是后来她对写作的痴狂，她的另一条路也会是鲜花铺满的呢。

　　那时漫儿很调皮，班上流行的一句"Open Yellow Gun"（开黄腔）就是她发明的。她对人坦诚，直言不讳，妙语连珠，伶牙俐齿，颇有人缘。男生也把她当朋友，请她帮忙传纸条给暗恋的女生。她还喜欢模仿别人的口音，我们班有一些从北京、隆昌，还有其他县城转来的同学，漫儿的模仿让我怀疑她是不是天才。

　　和漫儿在一起永远不会寂寞，她就像一个魔术师，不断制造快乐。我们俩在一起，智商绝对会发挥到极限。就像她在早期作品《黄丝带》中所提到的，公园是我们每天的必经之路，为了把零用钱省下来，我们只买一张月票，然后一个人先进去，站在高墙处把月票扔出来，让另外一个再进去。我们把父母给的零用钱合理安排，比如她订《少年文艺》，我就订《儿童文学》；她订《星星诗刊》，我就订《作文通讯》；她订《英语园地》，我就订《中学生数理化》。总之，每人只订一份，绝不重复，然后资源共享，所以那时我们过得还很"小资"。她会把省下的钱拿去买一些喜欢的小说（亦舒、三毛、岑凯伦、陈丹燕的书挤满了她的书架），她崇拜的明星照片、磁带（最多的一定是齐秦）、漂亮的笔记本、一些不干胶、零食……

也许漫儿本就是浪漫的。初三的某一天，她开始编织一些色彩斑斓的梦。她突然告诉我她要写诗，取名为《黑天使之梦》，然后拿出诗集本。那是一个精美的笔记本，厚厚的，好像是她在某次比赛中得到的奖品。她很爱惜本子，外面包了个壳，里面已经写了几首诗，周围贴了些她喜欢的不干胶，有漂亮的明星、美丽的花儿、卡通动物什么的。我看了爱不释手，真的很喜欢。

她那时的诗很短，随心所欲，由感而发。记得一首是写给十四岁的，"我不再为红苹果而流泪，也不再为电视里的坏人生气，我长大了，到了十四岁的年龄……"同龄的我真没有她那样

我和我的双鱼【附录】

的多心多梦，让我羡慕，称她以后会是个诗人或者作家，鼓励她写下去。

没想到那以后，她却一发不可收拾，酷爱写作，而且越写越好。然后有了她的第一篇小说，我自然成了她第一个读者，看到那些清新淡雅的文字，笔下一个个飘逸漂亮的女孩子，实在喜欢，挑不出什么毛病，只能给她改几个错别字。后来，《少年文艺》（江苏）上发表了她第一篇作品，全班同学都知道她收到了一个黄色的信封，厚厚的，那是《少年文艺》编辑部寄来的贺信和印有她文字的那一期刊物，我们欣喜若狂，似乎已经意识到她的未来不是梦。漫儿小心翼翼地把信收起来，笑得很甜，对我说这是一双翅膀，让她找到了方向。于是，黑天使便带着这双翅膀，开始了飞翔，而且越飞越高……

金秋十月，她的《甜酸》再一次给青春文学界带去一份惊喜，网上铺天盖地的评论、读后感早就吸引了我的眼睛，出乎意料的是生日那天正好也收到她寄来的礼物《甜酸》，不亦乐乎！我想，如果没有她，这个世界便真的会少了一抹亮色，我的年少时光也不会那么精彩。感谢你，亲爱的漫儿，我一生的好朋友！

和漫儿从她初一下期转到我们班开始成为好朋友，一晃竟已二十二年，感慨万千！那时，我们都才十三岁呐。我是幸运的，读她，从她最早的诗集《黑天使之梦》（1-5）到今天的《甜酸》，呵呵，真的是第一个读者呢！懂她，从那个有点寂寞的女孩到永远洋溢着青春笑脸的母亲。爱她，从她主动给我一张纸条，说想成为我的好朋友那一刻到收到她生日礼物的今天。

她依然是那个聪明、坚持、执着、调皮、随意的漫儿啊！岁月在改变，她永远的十七岁心态没变。文字没变，还是那么的直击人心！那时我就在想，这样的人，是注定要和文字纠缠一生的。几年前，她告诉我《花衣裳》的作家组合时，我就为她已实现自己的梦想开心不已，知道那只是她的开始，远还没有结束。果然，这以后她成为青春文学中一颗耀眼的明星，不断给我们带来惊喜。今天的《甜酸》也绝不会是她的颠峰之作，她永远都不会江郎才尽，会不断再创新高，我深信不疑。

很多人以为写疼痛文学的作家，必是年轻的追逐时尚的与世界格格不入的新一代作家。然而，漫儿是个时代的意外。她生于七十年代，却把十七岁的心事揭露得淋漓尽致，给人无比酣畅的青春视觉。她说，每个女孩都是天使，她的作品离不开那些天使。而她自己，又何尝不是一个带着爱的天使？她的成功，其实一切都是因为爱呀！她投入地爱自己所爱的一切，爱家人、爱朋友、爱写作、爱大自然、爱生活、爱每一个喜欢她的读者！所以，她就是一个精灵！能把小说娱乐化，与电影、音乐巧妙结合，敢走自己路线的人，只有一个，她就叫饶雪漫！

祝福漫儿，期盼漫儿……

漫儿十七

文/雪儿

作者介绍：雪儿是雪漫中学时候的好朋友，还记得《无怨的青春》里美丽的雪儿吗？

漫儿笔下有许多人的十七岁，而她的十七岁却一直留在我的记忆里。

那是一张在自贡一中教学楼花台边和漫儿最早的照片，那个有着一双清澈大眼睛齐耳短发若有所思的瘦小女孩就是我的同桌。那时我们曾经讨论过为什么她的体重只有69斤，为什么她的眼睛是和天空一样的淡蓝，为什么我的睫毛很长却总没有她的眼睛明亮等许多莫名其妙的话题……

第一次认识漫儿是在教室外的走廊上，她把我的名字听成了"董雪儿"，后来她也就这样叫着，感谢那时候她就把我的名字叫得那么独特那么好听。尽管后来"雪儿"这名字早已用得满天飞，但那么多年一直保留着她给我的这个很老的别名。

射手座的她人缘很好，那种热情、活泼、坦率、真诚是每个男生女生都喜爱和接受的，许多男生都把她当成可以诉说的朋友。现在想不起她当时居然还有一个外号叫"阿肥"，可能因为她常与同学开玩笑，还偶尔会模仿歌星台上很戏剧的样子，虽然她在班上个头最小，但她的说话和言论总带着一定的权威性。她常会冷不丁地给出一些结论性的话语，有些话我常会思考一下，有时还会把它记到日记本里。她的直率曾让我一度不能适应，她说话总是有点直言不讳，我们甚至吵过架，为了早已记不清的原因，有一次我哭过之后以为友谊从此结束，后来她嚼着泡泡糖漫不在乎地递给我一颗，过了些日子她说那是她第一次学会一种真正的宽容。

　　那时其他班还有一个女生和我们很好，我们还曾在一个合唱队，但合唱队没有组织过什么活动，也没认真上过几节课，只有大家平时在一起谈天说地，我们还讨论过假唱和假声，漫儿好像很老练也显得颇有见地，她还指导别人真正放开自己的声音，其实她那声音也就那么细。那时我们的幸运数字是连着的"7""8""9"，漫儿的幸运数字是"8"，现在想起来真是有趣，当时她就有预见暗暗把"8"和"发"联系在一起。

　　教室里常有我们爽朗的笑声，我们常给许多同学老师取外号，仅根据他们的发型就会取出什么："彩云伴海鸥"，"再回首"，"雪在烧"……这些全是当时流行歌曲的歌名，我们得意自己的比喻形象又贴切，常偷偷暗自笑个不停。我们甚至还会给邻桌的男生做恶作剧，有时把他们弄得狼狈不堪也是我们一天中的乐趣。其实她那时自己的胆子就很小，有一次我爸爸从广州带

我和我的双鱼【附录】

回来一只毛绒老鼠，课间我轻轻悄悄地放在她的肩膀上，之后她回头的那一声难忘的凄厉尖叫，让全教室的同学都忍俊不禁。

那时我们都那么喜欢唱歌，我喜欢苏芮，她最喜欢齐秦，我也爱时常哼着齐秦的"给我一个空间，没有人走过……"，她也常爱唱着苏芮的"像浮萍一样偶然相遇……"，课间其他女生会围着我们，很认真地去听我们演绎每一首歌的旋律。平时我还自认为唱歌比她强，在一次校园歌手比赛上，我有些怯场，可她一站在舞台就感觉比平时更加从容自信，她的眼睛里闪着光芒，手舞足蹈地唱了一首什么："城里的人和乡下的人有啥不一样"，平时不见她上台，但一下子很惊讶她的模仿能力和临场发挥能力，她的台风很活泼可爱，当然获得了比我更好的名次。

那时我们中午在食堂吃饭都很节约，有时我们会吃一个饭盒里的饭菜，她会把省出来的钱去买尽可能收集到的齐秦的每一张不干胶，宣传画和磁带，去她家一进她和她妹的房间，就会看到她床头的一张齐秦大照片，虽然那时她爸常说那人男不男女不女，但她一点也不介意，有时甚至看到在课本或报纸里出现一个"齐"字，她都会说她想起齐秦还激动不已。齐秦的磁带她也经常借给其他同学，有一次那盘《燃烧爱情》借给一个个子很高的男生，结果被那男生的父亲摔烂在地，说小小年纪听什么爱情，那天看着她很心疼，也只有咬咬牙对别人说没什么，之后有同学要借的她还是继续借,该听的她仍然继续听。老师印象中不太专注学习的我们是全年级最疯狂的追星族,班主任老师曾形容我们俩"云飘飘,雪漫漫"什么的,看样子很为我们担心,但我们依然爱放学后在黑板上写字,爱一边写一边唱齐秦的歌,似乎在敏感心灵深处的细胞都被那每一个音符感动。她说她喜欢齐秦的歌词,更喜欢那忧伤的旋律,相信那些年齐秦的歌曲带给她的灵感和触动是一段永远不能抹去的记忆。

可能每个人的十七岁,都有自己的心事和秘密,我曾见过她傻傻地发呆,她也曾看见我悄悄地流泪,我们总是要等到一段时间的沉淀之后,才能向对方讲述曾经某段时间的心情故事,我们会彼此惊讶,也可能会有所保留。青春是忧郁的,成长也充满苦涩,那时虽然我们的模样看起来很小,但都觉得自己十七岁已经很老了,我们很难想象十年后的自己,她说她真的不想再长大,听说有的复读生都快满二十,还常常诧异替人家叹息。我们常去实验大楼的顶层,那里人少,是我们放声高歌的自由空间,歌声带给我们灵感,想象和慰籍……在充满快乐和泪水的十七岁,在相互对视的微笑里,我们一直把友情小心珍藏,我仍记得曾一起唱过的《记得我们有约》和《闪亮的日子》。

早在分到一个文科班之前我就听说她爱写小说,那时我们也都是文学社的社员,她喜欢三毛和琼瑶的小说,也喜欢席幕容的诗歌，记得她的一篇小说名就是《无怨的青春》，她还也曾送我一本泰戈尔的文集。她常说她向往以后能像三毛那样万水千山走过，不知现在她对当时的梦想是否记忆犹新。

她对写小说好像有种特别的钟爱，在家她肯定要写，上课的时候她居然也能写，而且不管什么课，她写起小说来总是行云流水，好像在她的心中早已埋藏着许多浪漫故事的人物，甚至她能一边说话一边听课一边写东西。我有时故意打岔，她也不受影响，她的思维能跳出来又跳进去，有时真不得不佩服那种敏捷和聪颖。

她把作文本或草稿纸写的小说都用订书针或绳子装订成册，当时都戏称"手抄本"，那时她小说里最爱引用的就是一段一段的歌词，小说末尾一般都注明"未完，待续……"，她那时好像也没有什么顾忌，我们班上课的时候同学都会经常偷偷传看她的作品，她的小说还经常在其他班级和其他年级传阅，她还诚恳地在手抄本的末页要求大家写出想法和建议。当时有些人不屑于这种举动，认为有些幼稚可笑，但这丝毫没有减低她对写小说的痴迷和热爱。后来她的小说经常在《少年文艺》发表了，她的信件在班上也最多，她有许许多多四面八方的读者和笔友。她不断写出越来越多的文章和作品……她总是那样神采奕奕地乐观着，象一个聪敏的理想主义者，抱着对文学创作的挚爱和执着，不懈努力,并不断迸发出源源不断的灵感和才华。

高中毕业时她给我的留言写了满满五页纸,还剪了些有雪花图案的明信片当插图,那充满幻想纯真的话语总让我感动,记得有一段是这样写的:前世遥远而清晰的梦幻常与雪花一起写诗,我们曾是两朵美丽而洁白的雪花,在充满花香的玫瑰园里,我们渐渐融化成两粒晶莹的水珠,我们飞啊飞,飞到古希腊……后来我们一起融进了爱琴海,谈我们的欢欣,谈我们的来世……蓝色的大海微微起伏,海鸥贴着浪花飞过偷听我们窃窃私语,当古老的世界绵延前进,当爱琴海的珍珠逐渐失去光芒,当金色的日光磨练着岁月坚强的翅膀,仁慈的上帝用目光注视着世上每粒微小的生灵。

很羡慕她的父亲给她这个美丽而诗意的名字,仿佛寓意着她的人生充满了无数浪漫精彩和传奇。很惊喜那么多年她仍能写出那么多动人的十七岁的故事,也很欣慰她一路走来取得的每一次成功的喜悦。多年以后,在飞雪飘落的清晨或是细雨蒙蒙的黄昏,让我们用一种无言的感激,去体验和回忆那种定格于十七岁的记忆和情怀。